Vier Kinder und kein Geld

Gerhard Pietsch

Vier Kinder und kein Geld

Kurzgeschichten

Bibliografische Information der Deutschen Nationalbibliothek:
Die Deutsche Nationalbibliothek verzeichnet diese Publikation in der
Deutschen Nationalbibliografie; detaillierte bibliografische Daten sind
im Internet über
http://dnb.d-nb.de abrufbar.

Titelbild: Hermann Hesse, »Tessiner Dorf mit Sonnenblumen«,
Aquarell, 1927
Der Abdruck erfolgt mit freundlicher Genehmigung des Hermann-
Hesse-Editionsarchives: Volker Michels, Offenbach/Main.

© 2008 Gerhard Pietsch
Satz, Umschlagdesign, Herstellung und Verlag:
Books on Demand GmbH, Norderstedt
ISBN: 978-3-8370-3113-3

Inhalt

Vorwort

Natürlich wünsche ich mir, dass dieses kleine Buch Leser findet. Aber gleich ob es von vielen, wenigen oder niemandem gelesen wird – ich musste es einfach schreiben. Immer wenn ich es hinausschob, war mir nicht wohl zumute. Es geht mir hauptsächlich um die erste Geschichte. Unsere Mutter war eine schlichte Frau und doch eine Persönlichkeit. Ich möchte ihren Lebenskampf in der schweren Zeit, in der sie gelebt hat, mit diesen Zeilen würdigen. Aber auch die anderen kleinen Geschichten könnten Ihnen gefallen. Bis auf zwei haben sie alle Wahrheitsgehalt, was Sie sicher leicht herausfinden werden.

Unsere Mutter

Es geht wohl allen Menschen im fortgeschrittenen Alter so, dass sie sich oft an ihre Kinder- und Jugendjahre erinnern, wozu es meist ganz unvermittelt Anstöße gibt. Führen mich meine Erinnerungen in die Zeit meiner Kinder- und Jugendjahre, ist meine Mutter Ernestine stets der Mittelpunkt. Dabei wird mir immer deutlich, wie groß ihr Einfluss auf mein späteres Leben war. Insbesondere bei wichtigen persönlichen Entscheidungen war sie im Geist dabei. Aus meiner Sicht hat sie ihre Lebensaufgabe, vier Kinder in der damaligen Zeit allein zu erziehen, menschlich bewundernswert gelöst.

Sie wurde im Jahre 1888 in Sohland an der Spree geboren und starb nach einem entbehrungsvollen und tapferen Leben im Januar 1963 in Schmölln in der Oberlausitz. Mutters Vater, ein unermüdlicher Weber, der sich keine Ruhe gönnte, verstarb schon 1913 im Alter von achtundvierzig Jahren und hinterließ seiner Frau acht Kinder. Wir Enkelkinder hatten ihn nicht gekannt. Die Großeltern scheuten keine Mühe, ihre Kinder so gut wie möglich unter den damaligen schwierigen Lebensumständen zu versorgen. Die Zunft der Weber war seit jeher einem schweren Lebenskampf ausgesetzt. Mit der Verbreitung von Webfabriken waren viele Heimweber zur Aufgabe gezwungen. Von Großmutter selbst weiß ich, dass der Großvater als Kommissär der Sohländer Weberinnung Leinwandmuster mit dem Schubkarren von Sohland nach Leipzig zur dortigen Fachmesse karrte, was heute fast unglaubhaft erscheint. Das bedeutete, dass er eine Strecke von etwa zweihundert Kilometern zweimal zu Fuß, meist barfuß, zurückzulegen hatte. Barfuß, weil für das Besohlen der Schuhe das Geld fehlte. Von seinem Verhandlungsgeschick hing viel für die Existenz der Sohländer Weber ab.

Wir kamen mit der Sohländer Großmutter jedes Jahr einmal für zwei Wochen während der Sommerferien zusammen. Diese Tage in Sohland waren mit dem Leben in unserem Heimatdorf Schmölln nicht zu vergleichen. Wir waren freier als in der engen und primitiven Mietwohnung. Die Großmutter war zwar in mancher Hinsicht streng, aber sie hatte auch Verständnis für unsere Wünsche. Alle ihre vielen Enkel kamen gern zu ihr. Bei unseren Besuchen wurden wir zum Schlafen im Haus verteilt. Meinen Schlafplatz hatte ich immer in der kleinen Wohnung von Tante Anna, die keinen Mann, aber trotzdem einen Sohn hatte, was wir Kinder uns damals nicht erklären konnten. Zum gemeinsamen Frühstück an dem großen Tisch in der Wohnstube gab es täglich nur Mehlsuppe, von der wir anfangs nicht besonders begeistert waren. Wenn wir sie uns aber mit Zucker versüßten und Brot einbrockten, schmeckte sie uns sogar gut. Jeder hatte seine Suppe aufzuessen. Erst dann wurde aufgestanden.

Die drei Webstühle, mit denen Großmutter und Großvater früher gutes Leinenzeug webten, standen zu unserer Zeit verstaubt auf dem Dachboden. Einen davon hat uns Großmutter einmal vorgeführt. Jahrzehntelang hatten sie der großen Familie für den Broterwerb gedient. Von den größeren Kindern hatte der Großvater Gustav und Anna das Weben an dem kleinen der drei Webstühle beigebracht. Wenn es nötig war, mussten sie auch einspringen.

Mutter und Großmutter standen in sehr gutem Einvernehmen miteinander. Sie glichen sich in vielerlei Hinsicht. Als die Großmutter, die ein schlichtes Oberlausitzer Umgebindehaus mit Garten besaß, starb, vereinnahmte Mutters ältester Bruder Herrmann, der in Sohland eine große Tischlerei hatte, das ganze Erbgut. Die anderen sieben Geschwister gingen leer aus. Unsere Mutter hatte aber vorher schon viel geerbt: das gute Wesen der Großmutter. Was mich an Großmutter außer ihrer bescheidenen Lebensart und ihrem guten Gemüt beeindruckte, war ihr reger Geist. Sie war streng gottgläubig und von daher immer zuversichtlich, bis auf eine Ausnahme. Das war in den Dreißigerjahren ihre Aversion gegen die Politik der Nazis. Sie machte aus ihrer Ansicht keinen Hehl, weil sie sich sicher war, dass diese überhebliche, radikale und kirchenfeindliche Politik zu einem schlimmen Ende führen würde. Den Nazis im Ort war Großmutters Einstellung bekannt, aber sie ließen sie gewähren, weil sie überall respektiert wurde.

Unsere Mutter hatte ihre Schulzeit in guter Erinnerung. Sie war in allen acht Schuljahren Klassenbeste. Nach ihrer Schulzeit bekam sie eine Lehrstelle bei ihrer Tante, einer Schneidermeisterin, in dem etwa dreißig Kilometer entfernten Dorf Putzkau. Das war für sie ein ganz besonderer Glücksfall, weil sie dort wie ein eigenes Kind aufgenommen wurde. Dabei lernte sie, wie das damals üblich war, nicht nur die handwerklichen Fertigkeiten einer Schneiderin, sondern auch das Hauswirtschaftliche. Optimistisch wie sie war, glaubte sie, nach Abschluss der Lehre mit der Gesellenprüfung für die Zukunft gut gerüstet zu sein. Sie war eine hübsche junge Frau, die sich für wenig Geld adrett kleiden konnte.

Aus der Bekanntschaft mit einem jungen Mann aus Putzkau während ihres letzten Lehrjahres, wurde allmählich eine feste Verbindung. Sie hatte ihn während der Versammlungen der Christlichen Jugend in Putzkau kennen gelernt. Ernst Pietsch hieß er. Er stammte von einem der größeren Bauernhöfe im Ort. Ihr wurde bald gewahr, dass er ein verlässlicher und liebenswerter Mann war. Obwohl sie keinen materiellen Rückhalt hatten, heirateten sie 1913 im Vertrauen auf Gott, ihre Fähigkeiten und einen starken Willen. Den schönen und von Ernsts Eltern ordentlich geführten Bauernhof erbte entsprechend dem geltenden Erbrecht Onkel Max, der älteste der drei Söhne. Ernst und die anderen zwei Geschwister wurden mit dem Deputat abgefunden. Das war zwar kein gerechter Ausgleich, aber in der damaligen Zeit willkommen. Leider bekamen wir die Naturalleistungen nur sehr selten.

Im Raum Schmölln, Demitz-Thumitz und Tröbigau entwickelte sich vor dem Ersten Weltkrieg die Granitsteinindustrie zu einem beachtlichen Wirtschaftszweig und wurde ein großer Arbeitgeber. Hier fand Ernst Arbeit, nachdem er vorübergehend in Bischofswerda als Hoteldiener angestellt war. Die Arbeit im Steinbruch war ein sehr harter Broterwerb. Abgesehen von den Schmieden, Schlossern und Schwebebahnführern, arbeiteten alle Männer unter freiem Himmel. Der Lohn war gering, aber für Ernst bot sich sonst nichts anderes an. Die meisten Schmöllner Männer arbeiteten in den nahen Steinbrüchen.

Das junge Ehepaar mietete eine kleine dürftige Wohnung in Schmölln. Das Haus, in dem sie wohnten, gehörte einem älteren Ehepaar. Die Frau war ständig grantig, er war dagegen von angenehmer Art. Leider hatte sie immer das letzte Wort. Ihr Mann hatte sich wohl an den Zustand gewöhnt. Das Einzige, was Mutter damals an dem Mietverhältnis bei Marschners behagte, war der Duft von Herrn Marschners guter Sonntagszigarre. Im Erdgeschoss lebte rechts der Friseur Richard Finaske mit seiner Frau. In einen Raum gezwängt, arbeitete er und seine Frau oft bis spätabends, denn viele Kunden kamen häufig erst nach Feierabend. Neben der Haustür hing sein Emailschild »Friseursalon Richard Finaske«, an dem eine tellergroße Messingscheibe hing. Die Begriffe »Herren« und »Damen« waren bei uns damals nicht im Gebrauch. Es gab »Männer« und es gab »Frauen«. Richard Finaske war ein typischer Vertreter seiner Zunft: Er redete viel, machte seine Arbeit aber zufriedenstellend. Bei seinen Tarifen wurde niemand überfordert. Für die Kinderhaarschnitte nahm er das, was die Kinder an Geld in Papier eingewickelt dabeihatten. So fleißig Herr und Frau Finaske auch waren, reichte es für sie nur zu einem bescheidenen Leben.

Hinter dem Friseursalon war ein kleiner Stall für zwei Ziegen und zwei Schweine. Links davon, mit separatem Eingang, gab es eine Zweigstelle der Krankenkasse, dahinter eine kleine Räucherkammer und die Küche der Hausbesitzer. Im Obergeschoss waren zwei kleine Wohnungen und die Schlafzimmer des Hausbesitzer-Ehepaares und von deren Sohn und Tochter. Wir hatten die etwas größere der beiden Wohnungen gemietet. Sie bestand aus einer kleinen Wohnküche mit Essecke, die nur ein kleines Fenster hatte, der Guten Stube und dem Schlafzimmer. Dazu gehörte noch eine kleine Dachstube, die zunächst als Abstellkammer vorgesehen war. Später diente sie als Schlafkammer für uns Kinder, obwohl es sommers darin zu warm und winters zu kalt war. Das ließ sich jedoch nicht ändern. Wir hielten uns meist in der kleinen Wohnküche auf. Bei schlimmen Gewittern drückten wir uns alle ängstlich in die dunkelste Ecke. Mutter hatte dabei für alle Fälle die Familienpapiere an sich genommen. Die vier Toiletten im Anbau im Erdgeschoss waren einfache Plumpsklos, genau zugeteilt auf die Hausbewohner. Für die Hinterteilreinigung kannten wir noch kein Toilettenpapier; man benützte dazu Zeitungspapier, das zugeschnitten der Größe des heutigen Toilettenpapiers entsprach. Die primitive Haustechnik stammte noch aus den letzten Jahrzehnten des 19. Jahrhunderts. Allerdings gab es schon fließendes Wasser im Haus, aber nicht in den Wohnungen, sondern nur in der Waschküche im Erdgeschoss.

Mutters erstes Kind ließ nicht lange auf sich warten. Das war unsere Schwester Liesel, ein sehr liebes und ruhiges Kind. Sie wurde im Januar 1914 geboren.

Als im August 1914 der Erste Weltkrieg ausbrach, wurde unser Vater Soldat. Bei seinem letzten Kriegseinsatz in Rumänien erkrankte er an Lungenbeschwerden, unter denen er auch später noch litt.

Mutter gebar noch drei Kinder: meinen Bruder Walter, dann kam ich und schließlich meine Schwester Herta. Herta kam erst ein Vierteljahr nach Vaters Tod im Mai 1924 zur Welt. Ich bin mir nicht ganz sicher, ob die Bilder, die mir von Vater noch vorschweben, mehr der Fantasie oder der Realität entstammen. Ich war damals erst zweieinhalb Jahre alt. Mutter stand zu jener Zeit völlig mittellos da, denn die kleinen Ersparnisse, die sie bei ihrem dürftigen Leben hatte zurücklegen können, gingen durch die Inflation zwischen 1923 und 1924 verloren. Nach Vaters Beerdigung besaß Mutter noch ganze fünf Mark.

Die Lage, in der sich Mutter mit ihren vier Kindern befand, war schlimm. Im Ort wusste man um ihre Not, was den Gesangverein veranlasste, für uns Geld zu sammeln. Die Nachbarn halfen uns vorübergehend mit Lebensmitteln aus, was Mutter beschämt hinnahm. Schon die fünf Jahre vor Vaters Tod waren eine schwere Belastung für Mutter gewesen. Es gab nur geringe soziale Hilfen und leihen mochte sie sich nichts. Die Zukunft schien ohne Lichtblicke, zumal auch die beantragte Hinterbliebenenrente lange auf sich warten ließ. Aber Mutter ließ sich nicht entmutigen. Außer ihren vier Kindern besaß sie noch eine Nähmaschine, die sie auf Raten gekauft hatte. Sie hatte ein ausgesprochenes Talent zum Nähen. Dass sie eine gute Schneiderin war, sprach sich bald herum. Sie machte unsere Gute Stube, die trotz des knappen Wohnraumes kaum benutzt wurde, zur Nähstube. In der Nachbarschaft wusste man auch bald, dass Mutter nicht nur zuverlässig war, sondern auch nur geringen Lohn verlangte. Was sie durch ihre Näharbeit erwarb, legte sie strikt beiseite. Um mit Kartoffeln, Kraut, Möhren und anderem Gemüse versorgt zu sein, hatte Mutter ein kleines Stück Ackerland gepachtet, was auch bearbeitet werden musste. Dabei unterstützten wir Kinder sie nach Kräften. Ihre Tage waren von früh bis spät mit der Versorgung der Kinder, den Näharbeiten und der Feldbestellung ausgefüllt. Mutter teilte uns zu Hausarbeiten und bestimmten Besorgungen ein. Nach den schweren Jahren von der Inflation bis zum Anfang der Dreißigerjahre besserte sich ihre Lage etwas. Mittlerweile war auch der Rentenantrag anerkannt worden, woraufhin sie eine Rente für Kriegerwitwen von fünfundzwanzig Reichsmark und für uns vier Kinder Waisenrenten von insgesamt sechzig Reichsmark monatlich erhielt.

Mit dem Heranwachsen von uns Kindern wurde das Wohnen in der kleinen Mietwohnung immer unangenehmer. Wir störten uns gegenseitig ständig bei den Schularbeiten. Die Hauswirtin regte sich über jedes laute Geräusch auf und beklagte sich immerzu bei unserer Mutter. Ihr Mann hatte allerdings Verständnis für unser Verhalten. Das wiederum nahm die biestige Frau ihrem Mann übel. Wenn die Luft rein war, schlich sich Herr Marschner zu uns in die Wohnung, um Mutter eine kleine Wurst oder ein Stück Speck aus der Räucherkammer zu geben. Das konnte zu einem Zank mit seiner Frau führen, die über den Inhalt der Räucherkammer genau Bescheid wusste. Da Mutter es nicht auf einen Bruch mit dem Vermieter ankommen lassen wollte, musste sie stets für einen Interessenausgleich sorgen, was Nerven kostete. Sie wusste genau, dass wir in der Wohnung noch weiter bleiben mussten, denn wer sonst hätte eine arme Witwe mit vier Kindern zur Miete haben wollen! Um die Lage erträglich zu machen, halfen wir Herrn Marschner auf dem Feld und bei anderen Arbeiten. Von dieser Zeit an reifte in unserer Mutter der Gedanke, sich von diesen Pressionen frei zu machen. Das blieb zunächst ein Wunsch, denn es fehlte eben an Geld.

Frau Israel, die Nachbarin im Hause, war Tag für Tag mit einer stupiden Heimarbeit beschäftigt. Sie machte mit einer »Knöppelmaschine« Wäscheknöpfe, die von ihrem Mann, der nicht arbeitsfähig war, auf Kartonstreifen aufgenäht wurden. Damit verdienten sie sehr wenig, aber offenbar reichte es mit dem geringen «Stempelgeld» gerade so zum Leben. Den Namen Israel, der mir damals sehr seltsam vorkam, gab es nur einmal im Dorf. Herr Israel hatte eine Ziehharmonika, die er mit Leidenschaft spielte. Es waren fast immer fremde Melodien, wohl Volkslieder aus Böhmen, seiner Heimat. Ich begriff damals nicht, dass Israels Freidenker waren. Sie gingen also nicht zur Kirche, beteten nicht und kannten keine Kirchenlieder. Offenbar konnten sie aber auch ohne unsere christliche Einstellung leben. Unsere Mutter hätte solch eine Arbeit, wie Frau Israel sie machte, nie angenommen. Mutters Schneiderarbeiten, hauptsächlich Frauen- und Kinderkleidung, waren mit mehreren, immer unterschiedlichen Arbeitsabläufen und natürlich auch mit der Beratung ihrer Auftraggeberinnen verbunden. Das füllte sie aus. Ihr guter Geschmack war es ja auch, der ihren Kundinnen so gefiel. Da Mutter mit den Näharbeiten für ihre Kundschaft nicht immer ausgelastet war, nahm sie noch Heimarbeit von einer Bischofswerdaer Kleiderfabrik an. Sie erhielt Stoffe und Schnittmuster, aus denen einfache Hauskleider zu nähen waren. Diese Arbeiten bewältigte sie leicht. Das Holen der Stoffe und das Bringen der Fertigware nahmen wir der Mutter ab. So konnte sie hin und wieder mit einem zusätzlichen, wenn auch kleinen Verdienst rechnen. Um keinen falschen Eindruck zu erwecken, Mutter hatte keine große Kundschaft. Es waren überwiegend Frauen aus der Nachbarschaft und die Bischofswerdaer Kleiderfabrik, von der sie auch nur gelegentlich Aufträge bekam. Die Nachbarsfrauen brauchten nicht immer neue Kleider, meist wollten sie nur ihre Kleidungsstücke oder die ihrer Kinder geändert haben. Nach 1933 hatte Mutter andere Kundschaft. Sie bekam Zulauf von der Jugend, die Uniformhemden oder -blusen brauchte. Es gab dafür nur zwei Stoffarten in Braun und Weiß. Sie führte diese Arbeiten nicht so gerne aus.

Die ökonomische Lage Deutschlands verschlechterte sich, bedingt durch die Repressalien der Siegermächte des Ersten Weltkriegs und die Weltwirtschaftskrise. Daran änderte sich bis Anfang der Dreißigerjahre nichts. Die Folge waren eine hohe Arbeitslosigkeit und eine zunehmende Massenverarmung. Das sollte sich erst nach der Machtübernahme durch die Nazis 1933 ändern. In unserer Familie hatte sich zwischenzeitlich auch einiges geändert. Unsere Schwester Liesel, die gerne Kindergärtnerin werden wollte, hatte durch die Vermittlung unserer Tante Mariechen eine Freistelle im Fröbelhaus in Dresden erhalten. So musste sie während ihrer Ausbildungszeit täglich schon frühmorgens mit der Bahn von Schmölln nach Dresden fahren. Oft kam sie erst spätabends zurück. Walter, der Zweitälteste und Klügste von uns vieren, wollte zur Entlastung unserer Mutter Vaters Platz ausfüllen. Das ging natürlich nicht immer gut, weil er sich manchmal uns gegenüber aufspielte. Mutter war aber sonst einigermaßen zufrieden mit uns. Schulisch waren wir vier alle sehr gut. Wir brachten immer gute Zeugnisse nach Hause. Einmal hatte Mutter mit dem schlecht leserlichen Text der allgemeinen Beurteilung in einem Zeugnis von Walter Schwierigkeiten. So las sie, mehrmals langsam wiederholend: »... früher eingeschlafen«. Richtig war indes »Führereigenschaften«. Diese Bezeichnung entstammte dem Vokabular der »braunen Gesellschaft«.

Für uns Kinder war etwas sehr bedrückend: Das war das Bronchialasthma unserer Mutter, das manchmal sehr stark auftrat. Die Häufigkeit der Anfälle nahm mit dem Alter zu. War es nicht so schlimm, konnte sie sich mit Räucherpulver oder einer bestimmten Medizin helfen. Manchmal trat das Asthma aber ganz plötzlich und sehr stark auf. Wir glaubten, sie müsse ersticken. Nur der schnell herbeigerufene Arzt konnte mit einer Injektion helfen. Wir hatten große Angst um sie.

Im Laufe der Jahre brachte es Mutter fertig, eine finanzielle Rücklage zu schaffen. Ihre Absicht, nicht mehr zur Miete wohnen zu müssen, beschäftigte sie immerzu. Mutter war zu Ohren gekommen, dass im Nachbarort Putzkau ein kleines billiges Haus zum Verkauf stand. So machten wir uns an einem Sonntag auf, es zu besichtigen. Wir Kinder fanden aber gleich heraus, dass das Häuschen zu primitiv war. Mutter schloss sich unserer Meinung an. Die Renovierung wäre sicher teurer gewesen als der Kaufpreis. In der ersten Hälfte der Dreißigerjahre sah sich Mutter nach einem Bauplatz in unserem Dorf um. Sie fand auch bald einen und kaufte ihn: achthundert Quadratmeter zu einem Preis von fünfzig Pfennig pro Quadratmeter. Auf ihrem Sparbuch hatten sich mittlerweile einige tausend Mark angesammelt. Da trat etwas Unerhörtes ein: Der damalige Bürgermeister von Schmölln war dabei, sich ein schönes Haus zu bauen, wozu sein Geld wohl nicht ausreichte. So bat er eines Tages Mutter, ihm dreitausend Mark zu leihen. Nur kurzfristig, wie er versicherte. Sie könne das Geld bald wiederhaben. Das war ungefähr die Summe, die Mutter eisern angespart hatte. So klug, wie sie sonst war, hier ließ sie sich auf das Ansinnen des Bürgermeisters ein, ohne einen Beleg zu verlangen. Sie ging davon aus, dass man einem Bürgermeister und Nachbarn trauen könne. Als Mutter schließlich Klarheit über ihren Hausbau hatte und mit dem Architekten einig war, wurde der Baubeginn festgelegt. Aber wie stand es mit der Finanzierung? Sie brauchte dazu unbedingt die ausgeliehenen dreitausend Mark, Geld, das sie durch Arbeit und Verzicht zurückgelegt hatte. Alle ihre Versuche, es zurückzubekommen, scheiterten zunächst. Der Herr Bürgermeister hatte es in sein Haus gesteckt und war noch nicht einmal in der Lage, auch nur einen kleinen Teil zurückzuzahlen. Mittlerweile war er noch mehr in Bedrängnis, weil er durch die politischen Maßnahmen in den ersten Dreißigerjahren seinen Posten als Bürgermeister verloren hatte. Er war arbeitslos. Daraufhin setzte sich Onkel Herrmann für Mutter ein. Ihm war es zu verdanken, dass der Schuldner eine kleine Anstellung bei der Krankenkasse im Nachbarort Demitz-Thumitz erhielt und verpflichtet wurde, monatliche Zahlungen von 27,65 Mark zu leisten. Später wurden etwas höhere Rückzahlungsbeträge festgelegt. Das Geld musste ich an jedem Monatsersten bei seinem Arbeitgeber in Demitz-Thumitz abholen. Die Tilgungsraten trug der Vorsteher der Krankenkasse fein säuberlich in ein kleines Notizbuch ein. Bis die Schuld beglichen war, vergingen Jahre. Der Bautermin musste daher entsprechend verschoben werden. Beim Hausbau habe ich, damals sechzehnjährig, so gut ich konnte mitgeholfen. So durfte ich beim Richtfest mit unter den Arbeitern sitzen. Ich saß direkt neben dem Maurer Lachnit. Es dauerte noch bis 1937, bis wir endlich unser Haus beziehen konnten. Die primitive Mietwohnung verlassen zu können, war wie ein Segen. Wir waren frei von Frau Marschners Schikanen und mussten nicht mehr für eine Fettstulle auf dem Felde helfen. Wir hatten einen eigenen Garten mit Obstbäumen, Gemüsebeeten und Blumen, so wie unsere Mutter es sich immer gewünscht hatte. Pekuniär hatte sich bei uns nicht viel geändert, aber reich waren wir durch die Unabhängigkeit, in der wir uns fortan befanden. Mutter hatte uns später wiederholt gesagt, dass nichts über ein eigenes Haus geht, auch wenn es klein und bescheiden ist. Wir haben aber auch gelernt, dass zu großes Vertrauen nicht immer angebracht ist.

Im Vergleich zu der Mietwohnung bei Marschners lebten wir in unserem schlichten Haus wie in einer anderen Welt. Wir Kinder spürten, dass Mutter sich hier viel wohler fühlte als während der vielen Jahre bei Marschners. Sie war nun öfter zu einem Spaß aufgelegt und gebrauchte auch mal den einen oder anderen ihrer Sohländer Spezialausdrücke. Die ersten Jahre im eigenen Haus genossen Mutter und wir drei jüngeren Geschwister sehr. Wir freuten uns, den Garten nach unseren Vorstellungen anlegen und Blumen und Sträucher pflanzen zu können. Im Herbst holten wir von unserem kleinen Ackerland die dicken Weißkohlköpfe, die unter Mutters Regie im Waschhaus zu Sauerkraut verarbeitet wurden. Dazu liehen wir uns einen Krauthobel aus. Und wenn sich in den zwei kleinen Holzfässchen dann die Gärungslauge bildete, durften wir schon die ersten Proben nehmen.

1940 wurden Walter und ich zum Kriegsdienst und Herta zum »freiwilligen Landjahr« eingezogen. Liesel hatte schon viele Jahre zuvor ihre erste Kindergartenstelle angetreten. Unsere Mutter, die es nicht immer leicht mit uns hatte, war nun erst mal allein im Haus. Indes warteten auf sie in der Familie noch viele Jahre unentbehrlichen Wirkens.

Mutters Generation erlebte nun den zweiten verheerenden Weltkrieg, der in seiner Grausamkeit wohl noch schlimmer war als der erste. Das Leben war nicht nur in den Jahren der kriegerischen Auseinandersetzungen, sondern auch danach mit vielerlei Einschränkungen und bitterem Leid verbunden. Als der Krieg zu Ende ging, wurden die schlimmen Folgen erst richtig offenbar. Von unseren fünf Sohländer Cousins waren drei gefallen, der jüngste, erst vierzehn Jahre alt, beim Volkssturmeinsatz in Bautzen. Onkel Gustav und Tante Berta holten ihr totes Kind mit dem Handwagen in ihr Heimatdorf, um es beerdigen zu können. Dreißig Kilometer zogen sie ihren toten Jungen hinter sich her. Während der letzten Kriegstage Anfang Mai 1945 marodierten polnische Einheiten durch unser Dorf. Sie nahmen der verängstigten Bevölkerung, was sie brauchen konnten. Auch unser Haus plünderten sie, als sie sahen, dass in den Kleiderschränken zwei Offiziersuniformen hingen. Niemand wusste, wie das Leben weitergehen sollte. Es ging nicht nur um die Beseitigung der Trümmer, es ging mehr noch um das, was in den Menschen zerstört worden war. Millionen waren umgekommen, Millionen hatten auf unsägliche Weise gelitten, Millionen waren ihrer Heimat beraubt.

Mutter war jetzt fast sechzig Jahre alt. Als unser Vater im Februar 1924 starb, waren die Eltern elf Jahre verheiratet. Vier davon war Vater im Krieg, und in den Jahren danach war er zeitweise arbeitslos. Seine körperlichen Beschwerden verstärkten sich zunehmend. Viel Kraft und ein starker Wille waren nötig, um mit diesem harten Los in der politisch unsicheren Zeit fertig zu werden.

Mutters Lebenswerk war es, uns vieren den Weg ins Leben zu öffnen und uns zu fördern. Und das hat sie trotz aller Belastungen geschafft. Möglich war das schließlich nur durch Verzicht auf die Erfüllung eigener Wünsche. Kummer und Verzagtheit währten bei ihr nicht lange. Sie war eine einfache, aber gescheite Frau und eigentlich eine Frohnatur. Trotz der Mühsal hatte sie das Lachen nicht verlernt. Ihr fehlte jedoch die Neigung zu Zärtlichkeiten. Ich erinnere mich nicht, dass sie uns auch nur ein einziges Mal geküsst hätte. Dennoch gab sie uns auf ihre Art ihre ganze Liebe. Unser Familienleben war für sie das Allerwichtigste.

Abgesehen davon, dass Mutter fast immer beschäftigt war, hatte sie überhaupt kein Verlangen zu reisen. Als wir das eigene Haus hatten, war ihr der Garten wichtiger. Und im Winter war sowieso nicht daran zu denken. Zu ihren großen Reisen in ihrem Leben gehörte es, zweimal in Dresden gewesen zu sein, einmal mit uns drei Kindern Liesel auf dem Rittergut in der Lommatz'scher Pflege, wo sie eine Kindergärtnerinnenstelle hatte, besucht zu haben und jedes Jahr einmal zu Großmutter nach Sohland gefahren zu sein. Sie freute sich im eigenen Garten Johannis- oder Stachelbeeren pflücken zu können. Für Gesellschaften hatte sie auch nicht viel übrig.

Vaters früher Tod bereitete unserer Mutter einen tiefen Schmerz, was wir Kinder über lange Zeit spürten. Sie hatte Vater sehr geliebt. Wann immer es ging, suchte sie sein Grab auf, pflegte es und verweilte lange dort. Am liebsten war sie allein an diesem stillen Ort.

Unser Leben im Dorf

Wir vier Kinder waren sowohl körperlich als auch im Wesen sehr unterschiedlich. Liesel war verlässlich, anpassungsfähig und gutgläubig. Ihr Einfluss auf das familiäre Geschehen war gering. Walter war ganz anders. Er war intelligent und sehr ehrgeizig. Er hatte einen starken Willen, mit dem er sich Herta und mir gegenüber durchzusetzen versuchte. Herta war strebsam und klug, hatte aber als Jüngste Mühe, sich zu behaupten. Mit Freundschaften tat sie sich sehr schwer. Ich selbst hielt mich für gerecht und sorgte entsprechend meinem Naturell in Streitfällen unter uns für Ausgleich. Ein bisschen eitel war ich gewiss auch damals schon. Uns vier zu erziehen, war also für Mutter keine leichte Aufgabe.

Ich ging, wie meine Geschwister, gern zur Schule. Das Lernen fiel uns nicht schwer. Ich hatte aber hin und wieder Verdruss, weil mich unser Klassenlehrer Herr Kunack manchmal vor der Klasse als guten und fleißigen Schüler herausstellte. Er gebrauchte dabei gern die Redensart »Das sieht doch Pietsch im Finstern«. Verständlich, dass das die Klassenkameraden nicht so gern hörten. Dabei war ich eigentlich gar keine Strebernatur. Ich kam überhaupt bei den Mädchen besser an als bei den Jungen. Die Freundschaften, die ich mit drei Klassenkameraden hatte, hielten viele Jahre. In meiner Volksschulklasse aus dem Jahrgang 1921 waren vierzehn Jungen und nur sieben Mädchen. Die meisten Kinder meiner Klasse waren Arbeiterkinder. Ich war einer der wenigen, die keinen Vater mehr hatten.

Unsere Wohnverhältnisse waren sehr dürftig. Unter diesen Bedingungen lebte unsere Familie dreiundzwanzig Jahre lang. Für uns war das mit vielen Einschränkungen verbunden, was natürlich auch Einfluss auf unsere Erziehung hatte. Allerdings wurde uns auch bald bewusst, dass Mutter diese Lage durch ihre Tatkraft und ihr Geschick zu ändern versuchte.

In unserer Straße, direkt uns gegenüber, stand ein zweigeschossiges Haus, in dessen Erdgeschoss es den Kolonialwarenladen Kessinger gab. Die alte Besitzerin, die ein Herz für Kinder hatte und sie mit Bonbons versorgte« machte freitags »marinierte Heringe«. Sie waren besonders schmackhaft. Die marinierten Heringe mit Pellkartoffeln gehörten mit zu meinen Lieblingsessen. Ich glaube, das war über Jahre unser freitägliches Mittagessen. Frau Kessingers Schwiegersohn versorgte die Kundschaft mittwochs mit selbst geräucherten Heringen, die auch sehr schmackhaft waren. In der Nachbarschaft hatten sich viele Familien auf diese billigen Heringsspezialitäten eingestellt. Im Haus daneben war im Parterre ein Elektrogeschäft. Der Laden hing voller Deckenlampen. Darüber hatte die Familie unseres praktischen Arztes Dr. Jugel Wohnung und Praxis. Als diese Familie nach Schmölln kam, waren zwei Kinder da, der dreijährige Gotthard, »Bübchen« genannt, und die zweijährige Tochter Bärbel. Ich war zu der Zeit zehn Jahre alt. Unser Arzt war für die vier Gemeinden Schmölln,

Putzkau, Demitz-Thumitz und Tröbigau zuständig. Das waren etwa fünftausend Menschen. Er war ein guter Arzt, aber auch ein Lebemann.

Herta und ich hatten bald Verbindung zu den kleinen Kindern der Arztfamilie. Frau Jugel freute es, dass wir uns mit den beiden Kindern befassten, die immer anhänglicher wurden. Bei Jugels kam alle zwei Jahre ein Kind dazu. Sie brachten es auf neun oder zehn Kinder. Frau Jugel hatte kein leichtes Los, ließ sich aber nicht anmerken, wie es um sie stand.

Unser Dorf, von kleinen Bergen und Wäldern umgeben, war anders gegliedert als die Nachbarorte. Den lang gezogenen Ort durchquerten zwei Hauptstraßen. Es gab eine gute Eisenbahnverbindung nach Dresden und Zittau. Im Dorf waren fast alle evangelisch-lutherisch. Die meisten blieben aber der Kirche fern und viele wollten von der Kirche gar nichts wissen. Nur zu den kirchlichen Feiertagen war die Kirche voll.

Die Arbeit in den nahen Granitbrüchen hatte schon zum Ende des 19. Jahrhundert begonnen. In unmittelbarer Nähe des Dorfes gab es zwei Steinbrüche, den «Ratschken« und den »Grund«. Die Steinarbeit war hart und nicht jedermanns Sache. Die Arbeitsbedingungen waren denkbar schlecht. Die Arbeit wurde zu jeder Jahreszeit, ausgenommen bei hartem Frost, unter freiem Himmel ausgeführt. Der Lohn war gering. Unser Dorf hatte damals ungefähr zweitausend Einwohner. Die meisten Männer des Ortes arbeiteten als Steinmetze, Schmiede,

Schlosser oder Hilfsarbeiter in den Steinbrüchen. Von den Frauen hatten nur wenige eine Berufsausbildung. Sie hatten die meist zahlreichen Kinder zu versorgen. Viele von ihnen waren während der Erntezeit auf den drei Gütern des Ortes beschäftigt. Nach der Getreideernte gingen sie mit ihren größeren Kindern zum Ährenlesen auf die Stoppelfelder. Weit verbreitet war auch das Blumenbinden, eine Heimarbeit, die Ausdauer und Geschick verlangte, um künstliche Blumen nach Mustern herzustellen. Reiche Familien gab es auch, aber das waren nur wenige. Vielleicht waren das nur die Rittergutsbesitzer. Ich glaube, dass selbst der Arzt nicht vermögend war. Die Schmöllner, die ein kleines bäuerliches Anwesen besaßen, konnten sich überwiegend selbst versorgen. Meist oblag die Feldarbeit den Frauen und den Kindern. In den Steinbrüchen waren die Männer von sieben Uhr morgens bis nachmittags um sechs Uhr beschäftigt. Nur samstags war etwas früher Feierabend.

Das Vereinsleben im Dorf bekam für uns Kinder erst später Bedeutung. Unser Vermieter Marschner nahm es mit dem Schützenverein, in dessen Vorstand er war, sehr ernst. Er hatte es im Ersten Weltkrieg bis zum Vizefeldwebel gebracht, worauf er sehr stolz war. Er glaubte, uns Jungen auch den ersten militärischen Schliff beibringen zu müssen. So erwartete er von Walter, mir und zwei Nachbarsjungen das sonntägliche Exerzieren im Hausflur. Für ihn war das ernst, für uns eher belustigend, was wir uns aber nicht anmerken ließen.

Es gab im Dorf seit Langem mehrere polnische Arbeiterfamilien, die in einem Nebengebäude des großen Rittergutes Strehle wohnten. Offenbar waren es geschickte und fleißige Landarbeiter, auf die der Gutsbesitzer nicht gern verzichtete. Sie führten ein abgeschiedenes Leben im Dorf. Nur wenige Schmöllner kamen mit ihnen in Berührung. Dem Rittergut in der Ortsmitte kam eine besondere Bedeutung zu, einmal weil es ein großer Gebäudekomplex war, zu dem sogar ein Park gehörte, und zum anderen, weil es eine wichtige wirtschaftliche Bedeutung für Schmölln hatte. Schon als kleiner Junge sah ich dem Leben und Treiben auf dem Hof gerne zu. In den Ställen waren Hunderte Schweine und Ferkel, viele Kühe, Kälber und Ackerpferde. Die Melkerfamilie erkannte man an ihrer besonderen Arbeitskluft. Es war eine schwere Arbeit, bis morgens und abends alle Kühe gemolken waren. Übrigens hießen sie bei uns nicht »Melker«, sondern »Schweizer«. Die Milch wurde in großen Kannen abtransportiert. Die Hofschmiede interessierte mich aber am meisten. Die Arbeitsgeräusche waren schon von Weitem zu hören und weit war auch der Brandgeruch vom Beschlagen der Pferdehufe zu riechen. Oft warteten vor der Schmiede Pferde, bis sie zum Hufeisenwechsel an der Reihe waren. Die Schmiede war ein rußgeschwärzter großer Raum mit drei blinden Fenstern, durch die man von außen nur schemenhaft das Schmiedefeuer sehen konnte. Der Schmiedemeister und sein Geselle trugen Lederkappen und Lederschürzen, die bis zu den Füßen reichten. Beide kannten mich und erlaubten mir manchmal, bei ihrer Arbeit mit entsprechendem Abstand zuzusehen. Ich sah, wie mit dem Blasebalg das Feuer angefacht wurde, wie die glühenden Eisen auf dem Amboss bearbeitet und danach in den Wassertrog getaucht wurden, dass es zischte und qualmte. Schmied wollte ich nicht werden, aber mir gefiel, wie aus Roheisen Werkzeuge hergestellt wurden.

Nach dem Gutsbesitzer und seiner Ehefrau war der Inspektor die wichtigste Person auf dem Hof. Er hatte dafür zu sorgen, dass von der Feldbestellung bis zur Ernte alles ordnungsgemäß verlief. Man erkannte ihn an seiner uniformähnlichen Kleidung. Die weiten Wege von einem Feld zum anderen legte er mit dem Fahrrad zurück.

Ein besonderes Ereignis auf dem Hof war das Erntedankfest, zu dem vor dem Herrenhaus eine lange Tafel mit Speisen und Getränken für das ganze Gesinde und deren Kinder hergerichtet wurde. Herr und Frau Strehle saßen in der Mitte der Tafel, neben ihnen ihre beiden Kinder Johannes, »Hansi« gerufen, und Inge. Hansi war ein Jahr älter als ich, Inge ein Jahr jünger. Das Hoffest eröffnete Herr Strehle mit einem Dankgebet. Er trug die Leutnantsuniform eines Königlich Sächsischen Infanterieregiments. Als alle Platz genommen hatten, stimmte der Inspektor zum gemeinsamen Singen »Großer Gott, wir loben dich« an. Dann konnte sich jeder von den guten warmen Speisen und Getränken bedienen. Bald danach spielten zwei Trompeter und ein Trommler von der Feuerwehrkapelle mehrere heitere Volkslieder, wie »Horch, was kommt von draußen rein«, wozu die ganze Gesellschaft mitsang. Zwischendurch traten die Kinder vor und sangen, von einer Lehrerin dirigiert, »Die Vogelhochzeit« und »Oh, du lieber Augustin«. Als man sich zum Schluss bei der Herrschaft bedankte, war es bereits spät geworden. Bevor schließlich alle nach Hause gingen, wurde das Fest mit dem Heimatlied »Oberlausitz, geliebtes Heimatland« beschlossen.

Ich fühlte mich während der Schulzeit in den dörflichen Verhältnissen wohl. Nach dem Stadtleben hatte ich kein Verlangen. Wenn ich Zeit hatte, spielte ich mit Freunden aus der Nachbarschaft. Im nahen Pfarrbusch hatten wir unser Quartier. Dort wurde auch schon mal das Zigarrenrauchen probiert. Die Zigarren »besorgte« unser Freund Christian Kramer aus den Beständen seines Vaters, was er ihm später beichtete. Ein rechter Genuss war das Rauchen aber nicht. Nach einigen tiefen Zügen meldete sich schon der Darm. Christian war der Verwegenste in unserer kleinen Clique. So konnte er es einmal nicht lassen, auf den trockenen Misthaufen, der sich in der Nähe unseres Lagers befand, ein Streichholz zu werfen. Im Nu entstand ein Feuer, das wir nur mit Mühe und Not löschen konnten. Er war auch der Einzige im Dorf, der ein Luftgewehr besaß und damit nicht immer vorsichtig umging.

Am Wochenende trug ich die Kirchenblätter »Der Nachbar«, »Die Rettung« und »Die Bewahrung« aus. Dabei musste ich das ganze lange Dorf durchqueren. Das Austragen war mir wichtig. Einmal, weil es mir beim vierteljährlichen Kassieren einige »Fünfer« einbrachte, und zum anderen, weil mir die Unterhaltung mit den älteren Leuten zusagte. Mitunter begleitete mich auch ein Freund oder eine Freundin, die sich von der Tour einige Bonbons versprachen.

Herr Barth, einer unserer älteren Lehrer, fragte mich eines Tages, ob ich mir etwas verdienen wolle, indem ich alle vier Wochen seinen Hühnerstall reinige. Dass er gerade mich dafür haben wollte, hatte wohl den Grund, dass er mich als ordentlichen Schüler kannte. Er hatte eine große Wohnung mit einer großen Obstwiese. Eine seiner Freizeitbeschäftigungen waren seine Hühner. Es waren etwa dreißig, einige weiße Leghorn, sonst nur Italiener und ein paar Zwerghühner. Ich konnte mir jedes Mal zehn Pfennige verdienen. Die Hühner hatten auf der ganzen großen Wiese Auslauf und konnten sich in der warmen Jahreszeit in ihren Erdlöchern einscharren. Als mich Herr Barth in meine Arbeit einwies, war ich entsetzt, wie verdreckt der Hühnerstall war. Ich musste den festen Hühnerkot, der überall im Stall war, mit einem Spachtel abkratzen und einsammeln. Das war eine Arbeit, die mich anwiderte. Auf den Lohn von zehn Pfennigen war ich nicht erpicht. Ich machte es dreimal und gab es dann auf.

Mit acht Jahren war ich im Turnverein und interessierte mich besonders für Leichtathletik. Gut war ich im Weitsprung und in den Laufdisziplinen. Eine athletische Figur hatte ich allerdings nicht. Als der Turnverein einen Kinderspielmannszug aufstellte, wurde ich zum Querpfeifer ausgebildet. Der Spielmannszug hatte sechs Trommler und fünfzehn Querpfeifer. Von meinen Freunden waren Gerhard Rodig, Heinz Bartel und Siegfried Haufe mit dabei. Mit Siegfried Haufe verstand ich mich besonders gut. Er war klein und schmächtig. In der Klasse gehörte er mit zu den Besten. Da er häufig krank war, fehlte er oft im Unterricht. Kurz vor seinem zehnten Geburtstag kam er in das Bischofswerdaer Krankenhaus. Die Ärzte konnten ihm aber nicht helfen. Er starb. Mich traf sein Tod sehr schwer. Im Leichenzug, den wir Kurrendaner anführten, war ich so aufgewühlt, dass ich nicht mitsingen konnte.

Unser Musikzugführer brachte uns die Töne mit Zahlen und nicht mit Noten bei. Ich hätte auch nach Noten spielen können. Frau Kunack, die Ehefrau unseres Klassenlehrers Kunack, gab einigen Schülern der zweiten und dritten Klasse Flötenunterricht. Wir waren sechs Mädchen und zwei Jungen. Sie brachte uns gleich von Anfang an die Grundlagen des Notensystems bei. Frau Kunacks kleine Flötengruppe war schon bald in der Lage, bei Theaterspielen der Schule fast fehlerfrei mitzuwirken.

Der Spielmannszug spielte am häufigsten »Das Lieben bringt groß Freud ...«. Bei Umzügen mussten wir die Stücke auswendig spielen. Das machte manchmal Schwierigkeiten. Wenn wir bei einem Fest mit klingendem Spiel durchs Dorf marschierten, fielen einige falsche Töne aber gar nicht auf. Beifall bekamen wir immer.

Der Sonntag unterschied sich bei uns in mancherlei Hinsicht vom Alltag. Das begann eigentlich schon mit der umständlichen Badeprozedur am Samstagabend, die in der Waschküche ablief. Da mussten zuerst die Fenster verhängt werden, damit uns niemand nackt sehen konnte. Dann wurde der große Waschkessel mit Wasser gefüllt und angeheizt. Es dauerte lange, bis das erste Bad fertig war. Gebadet wurde immer in der gleichen Reihenfolge: Herta, ich, Walter, Liesel, Mutter. Als wir vier dann in frische Nachthemden gehüllt in den Betten lagen, war es Nacht. Obwohl der Sonntag meist nach einem festen Ritual verlief, freuten wir uns sehr auf ihn. Mutter kam aus einem frommen Hause. Deshalb verstand es sich von selbst, dass wir Kinder zum Kindergottesdienst und nach der Konfirmation zum Hauptgottesdienst gingen. Sonntag war kein Suppentag. Mutter war eine gute Köchin, die uns sonntags meist einen guten, wenn auch kleinen Braten vorsetzte. Die Fleischscheiben mussten für alle gleich groß sein. Sonst gab es Ärger. Walter meinte allerdings, dass er Anspruch auf ein größeres Stück habe. Das Beste waren die Bratensoßen. Ich habe in meinem ganzen Leben keine so pikanten Bratensoßen genossen, wie die von Mutter. Was sie so besonders lecker machten, waren ein oder zwei aufgelöste Lebkuchen. War sonntags schönes Wetter, suchten wir nachmittags bestimmte Ausflugsziele auf. Das eine war der fünf Kilometer entfernte Klosterberg mit seiner Gartenwirtschaft, das andere die Amselschänke. In beiden Wirtschaften gab es für die Kinder Waldmeister- und Himbeerlimonade für fünf Pfennige für ein großes Glas. Ich bevorzugte immer Waldmeister, eigentlich mehr der schönen grünen Farbe wegen. Der Geschmacksunterschied zwischen Waldmeister- und Himbeerlimonade war nicht besonders groß. Gegessen haben wir in den Gaststätten eigentlich nie, weil das zu viel kostete. Vom Klosterbergturm konnte man bei guter Sicht bis in die Bautzener Tiefebene sehen. Die Amselschänke hatte für uns Kinder den Vorzug, auf dem Spielplatz schaukeln zu können, wozu man sich allerdings anstellen musste. Von meinem zehnten Lebensjahr an, hatte ich sonntags eine angenehme Pflicht zu erfüllen. Unser Kantor hatte mich für die Kurrende ausgewählt. Er hatte lange gebraucht, bis er die richtigen Kinder mit guter Stimme fand. Wir Kinder hatten unsere festen Plätze vor der Orgel auf der Empore unserer Kirche. Zur Kurrende gehörten zwölf Mädchen und drei Jungen. Wir Jungen konnten uns stimmlich aber immer durchsetzen, obwohl unsere Stimme meist etwas schwieriger war als die der Mädchen. Der Beste von uns dreien war Manfred Rösler, von den Mädchen war es Irene Röhle. Geprobt wurde regelmäßig mittwochs in der Kantorei. Kantor Gnauck hatte es nicht leicht mit uns, denn er war keine Respektsperson. Manchmal konnte er kaum herausfinden, wer falsch sang. Bei einem neuen Choral hatte ich auch an einer Stelle Schwierigkeiten, die richtigen Töne zu finden. Zu Beerdigungen, bei denen wir unsere schwarzen Kurrendemäntel und Baretts trugen, gingen wir dem Trauerzug voran, wobei Manfred als Kräftigster das Kreuz trug. Ich habe schon als kleiner Junge oft und gern gesungen. Walter und Herta interessierten sich gar nicht dafür. Als ich größer war, glaubte ich sogar, Opernsänger werden zu können. Meine Vorliebe galt damals den beliebten Operettenmelodien. Ich blieb aber unentdeckt.

Im Sommer hatten wir meist über viele Wochen konstant schönes Wetter. Wenn wir Zeit hatten, gingen wir ins Schwimmbad. Das Schwimmen brachten wir uns alle selbst bei. Dieses für uns größte Vergnügen des Sommers kostete aber Geld. Deshalb zog sich ein Schwimmbadbesuch meist mehrere Stunden hin. Dauerkarten konnte uns Mutter nicht kaufen.

Sommers stand immer etwas bevor, was mir gar nicht behagte. Da versammelten sich mehrere Frauen und deren Kinder aus der Nachbarschaft zur »Heidelbeertour«. Auch Mutter und wir Kinder gehörten mit zu der Pflückertruppe. Bis wir das entfernte Waldstück erreicht hatten, mussten wir viele Kilometer zurücklegen. Das Pflücken war eine mühsame Arbeit. So brauchten wir Stunden, bis unsere Gefäße gefüllt waren. Unter den Frauen war eine, die alle anderen an Schnelligkeit übertraf und daher die meisten Beeren nach Hause brachte. Allerdings benutzte sie dazu einen »Heidelbeerkamm«, was aber nicht erlaubt war. Das war die »Wehner-Anna«. Schön an dieser Tour war die Vesperpause. Die Vesperbrote und die Limonade schmeckten jedenfalls besser als sonst. Die »Wehner-Anna« besaß als Einzige im Dorf einen Ziegenbock, der sicher der Vater aller Ziegen im Ort war. Und davon gab es viele. Der penetrante Geruch dieses Tieres war im weiten Umkreis seines Stalles wahrzunehmen.

Es gab im Ort einige Häuser, die noch keinen elektrischen Anschluss hatten. Das dürftige Licht im Haus spendeten dort Petroleumlampen. Auch Elektroherde waren noch selten. Wir hatten auch keinen. In unserer Küche stand ein großer Kohleherd. Zum Anfeuern wurde Kleinholz gebraucht. Deshalb mussten Walter und ich oft mit dem Leiterwagen in ein Sägewerk nach Putzkau gehen. Eine Fuhre »Schwartenholz« kostete fünfzig Pfennige. Wir versuchten den Leiterwagen so raffiniert zu beladen, dass sich die Fuhren besonders lohnten. Manchmal wurden wir, wenn wir uns dem Sägewerk näherten, von einer Horde Putzkauer Jungen angegriffen. Wir konnten uns allerdings mit Knüppeln immer zur Wehr setzen.

Der Winter mit mäßiger Kälte und viel Schnee war uns Dorfkindern willkommen. Wir hatten mehrere Rodelbahnen, auf denen wir es stundenlang aushielten. Noch schöner war das Schlittschuhlaufen oder das Eishockeyspielen auf dem Mühlteich, wozu wir einfache Spazierstöcke benutzten. Bei starkem Frost, der sich oft über Wochen hielt, blieben wir natürlich lieber daheim. Wir hatten mitunter Temperaturen von fünfundzwanzig Grad und mehr unter null. Zu Weihnachten hatten wir immer Schnee. Schon Wochen vorher begannen wir kleine Weihnachtsgeschenke für die Mutter heimlich herzustellen. Für mich gab es bei zwei Weihnachtsfesten jeweils eine große Überraschung. Die eine war ein Kindergrammophon mit kleinen Schallplatten. Das Grammophon und die Platten hatte Tante Mariechen besorgt. Ich habe dieses kleine Wunderwerk lange wie meinen Augapfel gehütet. Auf den kleinen Schallplatten waren Kinderlieder oder Märchen zu hören. Eine Platte hatte einen Fehler. Bei »Pferdchen hopp, hopp, hopp« verschluckte sich immer der Sänger. Das lag aber daran, dass die Platte an einer Stelle beschädigt war. Die andere Überraschung, Jahre später, war ein Paar Skier, die Onkel Herrmann in seiner Tischlerwerkstatt in Sohland hergestellt hatte. Er war der einzige Tischler weit und breit, der das konnte. Skilaufen war damals bei uns noch nicht sehr verbreitet. Schlittenfahren war eigentlich auch lustiger, insbesondere wenn Mädchen mit dabei waren.

Alle zwei, drei Monate besuchten wir Großvaters Bauernhof in Putzkau. Den Hof hatte der Großvater damals schon an den jüngsten Bruder meines Vaters, Onkel Max, übergeben. Großvater, der mit der Großmutter auf dem Altenteil lebte, hatte auf dem Hof noch seine Beschäftigungen. So kümmerte er sich besonders um die drei Pferde. Auch machte er Reisigbesen, die die Bauern im Dorf zum Hoffegen brauchten. Er verkaufte sie für fünf Pfennige das Stück. Fünf Pfennige kostete auch ein Schnaps, den er sich hin und wieder in der nahen Gaststätte »Zum kühlen Grund« leistete. Großmutter kümmerte sich um die Schweine und das Federvieh, wovon es viel gab. Wir interessierten uns am meisten für die Tiere. Großvater ließ uns sogar die Pferde anschirren und anspannen. Mit der Cousine Gretel verstanden wir uns besser als mit dem Cousin Fritz. Marianne war noch zu klein, um bei unseren Versteckspielen mitmachen zu können. Abends ging es wieder nach Hause. Tante Toni versah uns reichlich mit Eiern, Butter und Wurst, Dinge, die wir gut gebrauchen konnten. Teure Wurst konnten wir uns nicht leisten. Unseren Christbaum holten wir einige Tage vor dem Weihnachtsfest von Onkel Max ab, der ihn in seinem kleinen Wäldchen geschlagen hatte.

Zwei Wochen unserer Sommerferien verbrachten wir bei der Sohländer Großmutter. Sohland ist etwa vierzig Kilometer von Schmölln entfernt. Wir freuten uns jedes Mal auf die Fahrt mit der Eisenbahn. Eisenbahnfahren war etwas Seltenes, weil es Geld kostete. Von Schmölln nach Sohland stieg das Gelände fast stetig leicht an. Nach dem Putzkauer Bahnhof ging es in einem großen Bogen über ein hohes Viadukt, über das der Zug langsam fahren musste. Von einer Stelle konnten wir sogar Opas Felder sehen. Sohland fanden wir sehr interessant. Es war kein Bauerndorf, sondern ein Handwerkerdorf, das auch schon einige kleine Fabriken hatte. Das Eindruckvollste aber war für uns die nahe Grenze zur Tschechoslowakei. Man konnte den Grenzverlauf vom Hohberg aus gut beobachten. Mitunter sah man bewaffnete tschechische Grenzsoldaten patrouillieren. An die Grenze haben wir uns nicht sehr nah herangewagt, das schien uns zu gefährlich. Die Deutschen und die Tschechen standen damals in keinem guten Einvernehmen miteinander. Das rührte wohl noch vom Ersten Weltkrieg her. Wenn von den Tschechen die Rede war, wurden sie als Feinde bezeichnet.

Direkt neben Großmutters Haus war die kleine Gärtnerei Paul. Mein Interesse bezog sich aber nicht auf die Blumen, sondern auf die zwei Töchter Lena und Lisbeth, die von Jahr zu Jahr hübscher wurden. Beide hatten sie blonde Zöpfe und waren sehr adrett. Da sie auch sehr zugänglich waren, kam bald ein guter Kontakt zustande. Besonders gefiel mir Lena. Ich kann mich an die beiden netten Mädchen noch heute gut erinnern. Das könnte damals so ein erster Anflug von Liebe gewesen sein.

In unserem Dorf und in den Nachbarorten wurde es schon vor den Dreißigerjahren unruhig. Es bildeten sich verschiedene politische Gruppen. Bald zogen uniformierte Trupps mit Gesang oder Marschmusik, oft undiszipliniert, durch die Straßen. Viele Leute wussten nicht, wie sie sich verhalten sollten. Nach dem früher gewohnten friedlichen Leben im Dorf breitete sich zunehmend Unruhe aus. Die Unzufriedenheit in der Bevölkerung, deren Hauptgründe die große Arbeitslosigkeit und die Armut waren, gab den politischen Agitatoren besonderen Auftrieb. Die Politiker hatten es über viele Jahre nicht vermocht, dem deutschen Volk Sicherheit und Vertrauen zu geben. Auch im schulischen Alltag änderte sich vieles. Von uns Kindern wurden ungewohnte Verhaltensweisen verlangt. So sollten wir die am 30. Januar 1933, dem Tag der »Machtergreifung«, vor der Schule gepflanzte »Hitlereiche« jedes Mal im Vorbeigehen mit erhobenem rechten Arm und einem »Heil Hitler« grüßen. Leider wurden in dieser Zeit zwei unserer besten Lehrer, wie es hieß, »versetzt«. Wo sie geblieben sind, haben wir nie erfahren. Dem Alter nach waren wir noch Kinder, den neuen Lebensumständen nach waren wir es nicht mehr. Viele Zwänge störten unser gewohntes Leben. Die politischen Differenzen entzweiten sogar Familien.

Die Spiritustouren

Wie schon erwähnt, musste Mutter mit dem geringen Renteneinkommen sehr sparsam umgehen. Aber konnten wir Kinder unserer Mutter helfen? Direkt nicht, aber wir konnten ihr doch kleine Ausgaben abnehmen, wie etwa die Kosten für die Schreibutensilien, die wir für die Schule brauchten. Ich hatte vom neunten Lebensjahr an über viele Jahre immer Beschäftigungen, die mir jeweils einen kleinen Verdienst einbrachten. Das war zum einen das tägliche Austragen des Essens für den Schmied Rodig zum Steinbruch »Grund«, weil dessen Frau ihrer kleinen Kinder wegen unabkömmlich war. Das war zum anderen das wöchentliche Verteilen christlicher Sonntagsblätter und das Singen in der Kurrende bei Hochzeiten. Und alle vierzehn Tage hatten mein Bruder und ich für den Kolonialwarenladen Kessinger Brennspiritus zu holen. Es gab ihn in dunkelgrünen Glasflaschen zu zwei Litern. Von den drei Gemischtwarenläden in unserem Dorf durften wegen der besonderen Verkaufsvorschriften nur Kessingers diese hochprozentige Flüssigkeit führen. Sie enthielt etwa neunzig Prozent Alkohol und durfte nur als Brennspiritus verwendet werden. Es gab noch etwa dreißig Haushalte im Dorf, die noch keinen elektrischen Strom hatten, also auf Brennspiritus angewiesen waren. Es soll allerdings auch vorgekommen sein, dass notorische Trinker ihn heimlich tranken. Den Brennspiritus bekamen Kessingers nur bei der Lebensmittelgroßhandlung E. L. Huste & Sohn in der nahen Stadt Bischofswerda. Die Firma besaß in unserer Ge-

gend das Vertriebsmonopol dafür. Mit der Besorgung des Brennspiritus hatten Kessingers meinen Bruder und mich beauftragt. Wir beiden schienen ihnen vertrauenswürdig zu sein. Die »Spiritustour« machten wir regelmäßig montags. So fuhren wir mit zwei Kästen mit je zwanzig leeren Flaschen mit einem klapprigen Leiterwagen in die Stadt und kamen mit den vollen Flaschen zurück ins Dorf, immer begleitet von dem Geklapper der Flaschen. Die leeren Flaschen machten etwas höhere Töne als die vollen, die sich im Ganzen etwas ruhiger verhielten. Nur bei Straßenabschnitten ohne Schlaglöcher wurde die Flaschenmusik fast ganz unterbrochen. Waren die Schlaglöcher besonders tief und konnten nicht umfahren werden, gab es eine Art Trommelwirbel. Manchmal fuhren wir aber auch absichtlich durch die großen Schlaglöcher. Bis zur Großhandlung waren es fünf Kilometer. Die Strecke war nur leicht hügelig. Vor der Bahnüberführung der Strecke Bischofswerda-Kamenz ging es etwas bergan, dann bergab am alten Bischofswerdaer Friedhof vorbei. In der Stadt suchten wir immer einen Weg, auf dem wir mit Stadtjungen möglichst nicht in Berührung kamen. Aber manchmal kam es doch zu Rangeleien. Darauf waren wir allerdings mit Knüppeln vorbereitet. Solche Überfälle kannten wir schon von den »Schwartenholzfuhren« vom Putzkauer Sägewerk nach Hause. Wir brauchten für den stramm gelaufenen Hin- und Rückweg gute zwei Stunden, wenn wir keine Pausen einlegten. Für den Rückweg brauchten wir etwas mehr Zeit als für den Hinweg. Zogen wir den Leiterwagen beide gleichmäßig, war die Tour nicht besonders anstrengend. Oft war es für mich mit meinen kürzeren Armen etwas anstrengender als für Walter. Ob er auch richtig mitzog, spürte ich, wenn ich meinen Arm locker ließ. Da guckte er mich dann ganz sonderbar an.

Wir mussten auch abrechnen. Das Geld hatte Walter genau abgezählt im Brustbeutel verwahrt. Wenn wir Glück hatten, gerieten wir beim Abrechnen in der Großhandlung an einen freundlichen Angestellten, der uns ein Tütchen Backobst oder eine Packung Hultsch-Zwieback, bei guter Laune sogar beides, schenkte. Von dem Backobst probierten wir auf dem Heimweg mehrere Stückchen. Besonders gut schmeckten die Aprikosen-Pritschel. Den Zwieback rührten wir nicht an und übergaben ihn mit dem Rest des Backobstes der Mutter. Sie verteilte es später gerecht oder sie machte aus dem Backobst Kompott.

Bei unserer Ankunft mit den vollen Flaschen stand Herr Kessinger schon vor der Ladentür und hielt Ausschau nach uns. Er war jedes Mal sichtlich erfreut, wenn er die vierzig vollen Flaschen übernehmen konnte. Nicht ein einziges Mal ist uns eine Flasche zu Bruch gegangen. Der Lohn bestand für jeden in fünfzehn Pfennigen und für beide in einer kleinen Tafel Vollmilchschokolade. Von der Schokolade gaben wir Mutter und den beiden Schwestern etwas ab, aber nicht viel. Am genügsamsten war immer Liesel. Der »Verdienst« wurde zum großen Teil gespart. Für fünfzehn Pfennige gab es drei Bleistifte oder drei Schreibhefte oder auch drei Eistütchen mit je einer Kugel Vanille- und Schokoladeneis. Der Eismann hatte im Dorf mitunter selbst an heißen Tagen nur wenig Kundschaft.

Wie stand es um 1930 bezüglich Einkommen und Ausgaben? Ohne auf die im Vergleich zu heute viel schwereren Arbeitsbedingungen von damals einzugehen, ist es meines Erachtens wichtig zu wissen, wie etwa das Verhältnis von Einkommen und notwendigen Ausgaben, abhängig vom Familienstand, war. Die wöchentliche Arbeitszeit der meisten Arbeitnehmer belief sich damals auf fünfundfünfzig Stunden. Oft wurden Überstunden geleistet, aber nicht immer bezahlt.

Wochenverdienst

einer Textilarbeiterin	30	Reichsmark
eines Arbeiters	33	Reichsmark
eines Handwerksgesellen	35	Reichsmark
eines Lehrlings im dritten Lehrjahr	5	Reichsmark
Stempelgeld eines Arbeitslosen	10	Reichsmark

Preise im Durchschnitt

1 Dreipfundbrot vom Bäcker	50	Pfennige
1 Ei	8	Pfennige
1 Liter Vollmilch vom Bauern	20	Pfennige
1 Pfund Kartoffeln	4	Pfennige
1 Pfund Graupen oder Gries	24	Pfennige
1 Pfund Zucker	25	Pfennige
1 Hering	8	Pfennige
1 Pfund Schellfisch	30	Pfennige
1 Pfund Schweinefleisch	70–100	Pfennige

Die Erwerbstätigen auf dem Lande kamen mit ihrem Lohn gerade eben zurecht. Die meisten von ihnen hatten einen kleinen Acker oder einen großen Garten, wodurch sie sich mit Obst, Gemüse und Kartoffeln versorgen konnten. Soweit mir erinnerlich ist, waren viele mit ihren Lebensumständen zufrieden. Natürlich nicht die Armen, und das waren nicht wenige. Die Wünsche der Menschen waren, abgesehen von der kleinen Gruppe der Besitzenden, bescheiden. Zufriedenheit fanden die meisten in geordneten familiären Verhältnissen, einem guten und sicheren Arbeitsplatz und bescheidener Geselligkeit. Die Welt, in der sie lebten, war ihre Heimat. Etwas anderes kannten die meisten nicht. Den kurzen Urlaub, den sie hatten, brauchten sie meist für handwerkliche Arbeiten zu Hause.

Die Fantasie hatte bei vielen nur eine kleine Spannbreite.

Meine Lehrjahre

Meine Soldatenzeit begann mit der Ausbildung bei einer Beobachtungsabteilung im April 1940. Daran schloss sich zu Beginn des Russlandfeldzuges der erste Fronteinsatz bei einer Gebirgsdivision im Juni 1941 in Karelien an. Was sich dort abspielte, war, von den ersten Wochen abgesehen, ein heimtückischer Stellungskrieg mit Unterstützung schwacher finnischer Kräfte. Im Frühjahr 1944 wurde ich zum Sturmbataillon des AOK 8 kommandiert. Ich war Batterie-Offizier der Sturmbatterie, die über sechs 10,5-cm-Haubitzen verfügte. Das Bataillon war nach schweren Kämpfen in Bessarabien zu voller Kampfstärke aufgefüllt worden. Im Mai kamen wir nahe Galati am Schwarzen Meer zum Einsatz. Aber schon bei der Bereitstellung unserer Geschütze wurden wir von heftigem Artilleriefeuer der Russen überrascht. Wir waren noch nicht in Stellung, da griffen uns motorisierte russische Verbände an. Unsere Infanterie konnte dem Angriff nur kurze Zeit widerstehen. Schließlich waren wir aber feuerbereit und konnten im direkten Beschuss die Angreifer aufhalten. Das ging jedoch nicht lange gut. Die starken russischen Kräfte waren nicht aufzuhalten. Erst nach dem Überschreiten des Prut im heutigen Moldawien konnten die Russen für einige Tage gestoppt werden. An feste Fronten war aber von da an nicht mehr zu denken. Uns wurde immer klarer, dass wir vergebens kämpften. Unsere Verluste waren groß. Die Parolen vom »Endsieg« waren für uns wie Hohn. Als die Reste des Bataillons auf andere Verbände aufgeteilt wurden, bekam ich das Kommando über die Batterie, die noch achtzig Mann stark war und zwei Geschütze verloren hatte.

Die Divisionskampfgruppe, zu der wir nun gehörten, hatte den Auftrag, die Nachbarverbände zu unterstützen. Alles in allem war es eine Art geordneter Rückzug in Richtung Südkarpaten. Mit unseren Geschützen kamen wir kaum noch zum Einsatz. Grauenvoll waren in den Schlussmonaten des Krieges die Kämpfe gegen die Partisanen in der Slowakei, die uns meistens nachts überfielen.

In den letzten Kriegstagen Anfang Mai 1945 ging es den in Auflösung befindlichen deutschen Einheiten nur noch darum, sich dem Zugriff der Russen zu entziehen, also in amerikanische Gefangenschaft zu kommen. Die amerikanischen Soldaten schleusten uns auf eine große Wiese. Hier lagerten Tausende deutscher Soldaten, standen verlassene Wehrmachtsfahrzeuge, schwere Waffen, aber auch Hunderte von Pferden. Die Zeit, die wir in diesem Lager zubringen mussten, war hart. Die starke Hitze im Mai und Juni machte uns sehr zu schaffen. Wir hatten keine Zelte, keine schattigen Stellen. Die Amerikaner waren nicht in der Lage, uns ausreichend zu versorgen. Wir bekamen täglich nur Weißbrot und manchmal Büchsenfleisch. Ein Versuch auszubrechen wäre aussichtslos gewesen, denn den amerikanischen Wachposten entging nichts. Wer es riskierte, musste damit rechnen angeschossen zu werden.

Ich erinnere mich noch ganz klar, dass in der Nähe unseres Lagerplatzes mehrere kleine Häufchen zerrissener deutscher Banknoten lagen, die von Truppenzahlmeistern hinterlassen worden waren. Leider konnten wir damit nichts anfangen, denn die Schnipsel waren zu klein.

Bedrückend waren für mich die ungewisse Zukunft und die große Enttäuschung über den Betrug unseres Regimes am ganzen deutschen Volke. Mir war der Boden unter den Füßen entzogen. Was war das für ein erschütterndes Ergebnis von fast sechs Jahren Krieg, den wir Deutschen angezettelt hatten?

Die Entlassung, die nach vielen provozierenden Verhören durch amerikanische Offiziere erfolgte, geschah mit der Einschränkung, dass keiner in die russisch besetzte Zone durfte. Dort war aber meine Heimat! Wo sollte ich sonst hin? Ich legte mich schließlich auf die Adresse von Ernst Hick, einem Kameraden aus dem Lapplandfeldzug fest, den ich als meinen Cousin ausgab. Er stammte aus Hof in Niederbayern. Nach sechs Wochen Gefangenschaft unter menschenunwürdigen Bedingungen schoben uns die Amerikaner ab. Ich tat mich mit drei Kameraden, zwei Westfalen und einem Schlesier, zusammen. Aus dem großen Geräte- und Fahrzeuglager, der Hinterlassenschaft eines Teiles der Südarmee, suchten wir uns ein geeignetes Pferdefuhrwerk aus und dazu drei Pferde mit dem notwendigen Geschirr. Wir hatten einen langen Weg vor uns. Vom Südostzipfel Bayerns ging es durch den Bayrischen Wald, den Oberpfälzer Wald und das Fichtelgebirge. Über den weiteren Weg hatten wir noch keine Klarheit. Wir wussten, dass wir für die Tour Wochen brauchen würden. Gleich in den ersten Tagen mussten wir eins der Pferde bei einem Bauern gegen Futter und Verpflegung eintauschen. Oft wurden wir von herumstreunenden amerikanischen Soldaten belästigt, die es insbesondere auf die Taschen- und Armbanduhren abgesehen hatten. Sonst besaßen die entlassenen deutschen Soldaten nichts mehr.

Der Marsch zehrte an unseren Kräften, aber auch die Pferde schienen bald überfordert. Wir schafften etwa vierzig Kilometer am Tag. Meistens ging es durch bergiges Gebiet. Nach einer Woche entschlossen wir uns, eine längere Pause einzulegen. Wir schlugen unser Lager abseits der Hauptstraße auf einem Bauernhof in der Nähe von Marktredwitz im Fichtelgebirge auf. Von den Bauersleuten, die zwei achtzehn und zwanzig Jahre alte Töchter hatten, wurden wir freundlich aufgenommen. Hier konnten wir uns auch mal ordentlich mit warmem Wasser waschen. Die Töchter waren über den unerwarteten Besuch offensichtlich sehr erfreut. Nach einigen Tagen angenehmen Aufenthalts trennten wir uns. Für den Schlesier und mich hatte es keinen Sinn, den Marsch nach Norden weiter fortzusetzen. Wir beide waren damit einverstanden, dass die westfälischen Kameraden mit dem Gefährt weiterzogen. Der Schlesier zog es vor, mit der Zustimmung der Bauernfamilie vorerst dort zu bleiben. Mir schlug der Bauer vor, auf einem einsamen kleinen Hof in der Nähe unterzukommen. Ich war damit einverstanden, ahnte aber nicht, was mir bevorstand. Der Hof war heruntergekommen, der Bauer noch in Gefangenschaft. Die Bäuerin, etwa fünfunddreißig Jahre alt, hatte für drei kleine Kinder, das Vieh und das Feld zu sorgen. Sie war trotz der Hilfe einer jungen Magd überfordert.

Sie war froh über meine Gesellschaft und teilte mir gleich meine tägliche Arbeit zu, die Versorgung der Schweine und das Spalten von unzähligen Baumwurzeln. Mit den Schweinen kam ich zurecht, aber das Spalten der Baumwurzeln zehrte an meinen Kräften. Hatte ich dieses tägliche Arbeitspensum geschafft, erwarteten mich die beiden älteren Kinder, ein achtjähriger Junge und ein neunjähriges Mädchen, die ich im Lesen und Schreiben unterrichten sollte. Sie waren in beiden Fächern weit zurück und ihr Lerneifer war groß. Am liebsten waren ihnen jedoch die Märchenstunden am Abend. Meine Schlafstelle war ein Lattenverschlag auf dem Dachboden neben der Kammer der jungen Magd. Erschöpft von der täglichen Arbeit, war ich froh, ungestört schlafen zu können. Nach anderem stand mir nicht der Sinn. Vielleicht hätte sich die Magd über meinen nächtlichen Besuch gefreut. Morgens hieß es früh aufzustehen. Die Schweine hatten ihre festen Fütterzeiten.

Auf dem Hof gab es ein altes schweres Pferd, das neue Hufeisen nötig hatte. Die Bäuerin gab mir den Auftrag, das Pferd zu dem mehrere Kilometer entfernten Hufschmied zu bringen. Meine Freude, endlich einmal ausspannen zu können, hielt aber nicht lange vor. An Reiten war nicht zu denken, weil das Pferd darauf nicht »eingestellt« war. Ich musste es also hinter mir herziehen, was sehr anstrengend war. Das grüne saftige Gras am Wegesrand hatte es ihm angetan. So gab es immer wieder längere Aufenthalte. Entkräftet erreichte ich mit dem Pferd die Dorfschmiede. Der Schmied, ein alter grober Geselle, nahm zunächst kaum Notiz von mir. Als mein Pferd an der Reihe war, machte der wortkarge Schmied mich zu seinem Gehilfen. Ich musste die schweren Pferdebeine der Reihe nach so halten, dass er alle Arbeitsvorgänge gut ausführen konnte. Dabei lehnte sich das alte schwere Tier mit seinem ganzen Gewicht auf mich. Den Schmied, der das sah, störte das aber nicht. Die Prozedur dauerte entsetzlich lange. Ich hatte nun endgültig genug von der Arbeit als Helfer auf dem Bauernhof. Mit dem Rückweg, der wie der Hinweg verlief, ließ ich mir Zeit. Der Bäuerin gefiel mein langes Ausbleiben gar nicht, weil sie die Mittagsfütterung der Schweine selbst machen musste. Am Abend erklärte ich ihr, dass ich den Hof verlassen werde. Sie war sehr enttäuscht darüber, und auch den Kindern gefiel das überhaupt nicht. Mein Ziel war die ungefähr fünfzig Kilometer entfernte Stadt Hof. Dort hoffte ich meinen »Lappland-Kameraden« Ernst Hick anzutreffen. Den Weg dahin legte ich teils zu Fuß, teils als Anhalter auf landwirtschaftlichen Fahrzeugen zurück. In Hof angekommen, suchte ich nach der Adresse meines Kameraden und stand bald vor einem stattlichen Haus in der Ascherstraße. Eine gepflegte Frau mittleren Alters öffnete mir. Sie war die Mutter meines Kameraden, Frau Hick. Als ich mich als Freund ihres Sohnes Ernst vorstellte, nahm sie mich gerne auf. Offenbar konnte sie mich als Helfer gut gebrauchen. Ihr Mann, ein Major, war noch in Italien in amerikanischer Gefangenschaft, mein Kamerad Ernst noch in russischer Gefangenschaft. Der zweite Sohn war gefallen.

Hier war ich gut versorgt. So schön hatte ich es schon lange nicht mehr gehabt. Ich konnte mich im Haus und im Garten nützlich machen. Auch konnte ich der einzigen Angestellten in der Versicherungsfiliale, die sie unterhielten, gute Dienste leisten. Da ich mich polizeilich angemeldet hatte, bekam ich auch Lebensmittelkarten. Die waren allerdings nicht so sehr nötig, weil Frau Hick offensichtlich noch Lebensmittelvorräte hatte. Außerdem war der Tauschhandel in vollem Gange. Hoch im Kurs standen amerikanische Zigaretten, landwirtschaftliche Produkte und Zucker.

Es war Sommerzeit. Es hieß, dass sich die Amerikaner aus dem nahen Thüringen zurückziehen würden. Das war eine Abmachung, die die Westalliierten mit den Russen getroffen hatten. Als Gegenleistung sollte Berlin in einen westlichen und einen östlichen Teil aufgeteilt werden.

In Hof hörte man, dass die Amerikaner die Zuckerbestände der Zuckerfabriken im nahen Thüringen vor dem Einzug der Russen räumen lassen würden. Das sollten Lkw-Kolonnen der Wehrmacht mit deutschen Gefangenen besorgen. Ich kam mit zwei Nachbarinnen überein, der Sache nachzugehen. Wir machten uns mit Rädern und Rucksäcken auf den Weg zum nächsten Autobahnrastplatz. Dort warteten wir auf eine solche Fahrzeugkolonne. Es dauerte nicht lange, bis die erste Kolonne in der Ferne auftauchte. Sie fuhr aber an unserem Rastplatz vorüber. Auch die nächsten beiden Fahrzeugkolonnen hielten nicht an. Unser Warten schien aussichtslos. Vor den patrouillierenden MP-Jeeps versteckten wir uns im nahen Gebüsch. Schließlich machte doch eine Fahrzeugkolonne an unserem Rastplatz Halt. Ich fragte einen Fahrer, ob er uns drei mitnehmen könne. Er tat es offensichtlich nur meinen zwei Gefährtinnen zuliebe, obwohl er es eigentlich nicht durfte. Wir mussten uns und die Fahrräder flach auf den Boden der Ladefläche legen, um nicht bemerkt zu werden. Die Fahrt dauerte etwa eine Stunde. Das Ziel war eine Zuckerfabrik in der Nähe von Altenburg in Thüringen.

Die Fabrik war streng bewacht. Es durfte niemand, auch die Fahrer nicht, ohne Bewachung hinein. Das Beladen der Fahrzeuge mit den schweren Zuckersäcken ging schnell voran. Es gab keine Möglichkeit, hier an den Zucker zu kommen. Wir gingen also leer aus. Das war sehr enttäuschend. Unser Fahrer nahm uns Gott sei Dank wieder mit zurück. Wir hatten auf dem fast voll beladenen Lkw nur wenig Platz. Ich konnte es nicht verwinden, ohne Zucker zurückzukehren. Für alle Fälle hatte ich ein Klappmesser und ein Wehrmachtskochgeschirr mitgenommen. Die Zweizentnersäcke waren prallvoll. Der Versuch, mit dem Messer ein Loch in einen Sack zu bohren, scheiterte. Also musste ich einen Sackverschluss öffnen. Das musste alles kniend geschehen, um nicht gesehen zu werden. Ich schaffte eine handgroße Öffnung, in die der Kochgeschirrdeckel eben passte. Als ich den ersten Rucksack fast voll gefüllt hatte, machte ich mich an zwei weitere Zuckersäcke, damit der Diebstahl nicht auffiele. Dann verschnürte ich die Säcke sorgfältig. Ich musste mich beeilen, um es bis zum vereinbarten Halt zu schaffen. Wir durften den Fahrer keinesfalls belasten. Die Lkw-Kolonne unterbrach die Rückfahrt aber erst einen Rastplatz später. So hatten wir noch einen ziemlich weiten Weg bis nach Hof. Unsere Anstrengungen hatten sich gelohnt. Wir kamen mit knapp vierzig Pfund feinen weißen Zuckers gut gelaunt in Hof an. Sie wurden christlich geteilt. Diese Ausbeute hatte für uns einen großen Wert. Von meinem Teil behielt ich nur die Hälfte, die ändere Hälfte schenkte ich Frau Hick.

Die Zeit in Hof war für mich mehr eine Erholung. Eine zufriedenstellende Dauerbeschäftigung war es nicht. Auch hörten wir nichts von Herrn Hick und meinem Kameraden Ernst. Ich entschloss mich also nach einigen schönen, ruhigen Wochen im Spätsommer 1945, Hof zu verlassen. Ich brauchte eine Beschäftigung, eine Perspektive, die mir zusagte.

Durch den Verkauf einiger Pfund Zucker war ich an eine Menge Geld gekommen. Das hatte zwar keinen großen Wert, aber ich brauchte es. Ich nahm an, dass mir vielleicht einer meiner Batterie-Kameraden, von denen die meisten in Westfalen wohnten, auf der Suche nach Arbeit helfen könnte. Ihre Adressen besaß ich. So fuhr ich nach Lübbecke in Westfalen und suchte dort in einer Dorfgemeinde einen Kameraden. Wie man sich denken kann, war er über meinen Besuch sehr erstaunt. Er wohnte auf dem Hof seiner Eltern. Bei ihm konnte ich erst mal bleiben. Arbeit gab es für mich auf dem Hof auch, aber das war keine befriedigende Lösung. Ich blieb einige Wochen, in denen ich keine Not litt, hielt es aber für besser, in einer Stadt eine Anstellung zu suchen. Schließlich besaß ich nach dem Besuch der Höheren Handelsschule die Voraussetzungen für eine betriebswirtschaftliche Beschäftigung.

Ich entschied mich, mit der Bahn nach Minden aufzubrechen. In meinem Zugabteil unterhielten sich zwei junge Frauen unter anderem über die Arbeit ihrer Männer. Eine erklärte, dass ihr Mann kürzlich Arbeit bei einer Firma für Kabelmontagen gefunden habe, mit der er sehr zufrieden sei. Ich setzte mich zu den beiden Frauen und erkundigte mich nach Einzelheiten der erwähnten Arbeit. Von ihnen erfuhr ich, dass dafür ein Büro in Schwelm in Westfalen zuständig sei. Ich hielt das für einen Wink des Schicksals und überlegte nicht lange, was zu tun sei. Am nächsten Tag war ich in Schwelm. Dort musste ich viele Leute nach dem »Kabelbüro« fragen. Schließlich fand ich es. In dem nüchtern ausgestatten Büro waren außer dem Bauleiter noch zwei weitere Kräfte beschäftigt. Ich brachte mein Anliegen vor, hatte jedoch kein Glück. Der Bauleiter verwies mich aber auf ein zweites Büro seiner Firma, das im Schwelmer Postamt untergebracht war. Es war nur ein kurzer Weg dorthin. Große Zuversicht begleitete mich dabei allerdings nicht. Diesem Büro stand auch ein Bauleiter vor. Als ich mich vorgestellt und meinen Wunsch vorgetragen hatte, fragte er nach meinen Kenntnissen. Irgendwie hinterließ ich wohl einen guten Eindruck. Er hatte Arbeit für mich. Mir fiel ein Stein vom Herzen. Ich konnte gleich in den nächsten Tagen anfangen. Mir stand sogar ein kleiner nüchterner Büroraum für mich allein zur Verfügung. Die drei Büroräume, die die Bauleitung benutzte, gehörten früher zur Wohnung des Postamtvorstehers. Die britische Besatzungsmacht hatte sie requiriert. Die mir zugewiesene Arbeit konnte ich leicht bewältigen. Ich hatte die Baufortgangsmeldungen in Englisch mit den dazugehörenden Zeichnungen aufzustellen und die Korrespondenz mit den englischen Dienststellen zu führen. Später kamen noch kaufmännische Arbeiten dazu. Ich wurde zunächst nicht als Angestellter eingestellt, sondern als »Stammhelfer« mit einem Stundenlohn von siebenundsiebzig Pfennigen. Das war sehr wenig, hatte aber den Vorteil, dass ich Lebensmittelkarten für Schwerarbeiter bekam, die mir streng genommen gar nicht zustanden. Eine Unterkunft fand sich schon am nächsten Tag. Es war allerdings nur ein winziges Zimmer ohne Heizung und ohne warmes Wasser.

Ich war vierundzwanzig, hager, aber gesund. Ich besaß nichts, nicht einmal Zivilkleidung. Mein Kapital war mein Lebenswille und mein Optimismus. Bekannte hatte ich hier natürlich nicht. Während der kalten Januartage hielt ich mich auch nach Feierabend meist im beheizten Büro auf. Mein Raum im Büro war früher das Kinderzimmer der Wohnung des Postamtvorstehers gewesen. Von nebenan hörte ich hin und wieder Stimmen und Geräusche. Das Schlüsselloch in der verschlossenen Tür war frei. Ich konnte daher beim Spieken einen kleinen Ausschnitt des Zimmers sehen. Bald fand ich heraus, dass eine junge Frau meine Nachbarin war. Eines Tages begegnete sie mir im Treppenhaus. Sie gefiel mir gleich gut. Da kam mir ein gewagter Einfall. Ich nahm einen kleinen Streifen Papier, schrieb einen freundlichen Gruß darauf, rollte ihn zusammen und schob ihn vorsichtig tief in das Schlüsselloch. Ich war gespannt, ob das Papierröllchen bemerkt werden würde. Bis zum Feierabend geschah nichts. Am nächsten Morgen aber war das Schlüsselloch frei. Wer hatte es angenommen und wie war der Scherz wohl aufgenommen worden? Zunächst bemerkte ich nichts. Tags darauf steckte aber ein kleines Röllchen im Schlüsselloch. Zu meiner großen Freude wurde mein Gruß mit lieben Worten erwidert. Die »Schlüssellochbotschaften« setzten sich fort und wurden immer herzlicher. Schließlich vereinbarten wir per Schlüssellochkontakt ein Treffen im Kabelkeller des Postamtes. Das war meine erste Verabredung mit einer Frau nach langer Zeit. Sie hieß Lore, war hübsch und gepflegt und etwas jünger als ich. Die Liebe währte leider nicht lange. Sie hatte sich auf ihre Art der Völkerverständigung eingestellt, indem sie mit einem englischen Besatzungssoldaten »engen« Kontakt hielt. Ich hatte sie beide im Kabelkeller beim Küssen überrascht. Mit einem ehemaligen deutschen Soldaten in zerschlissener Uniform war natürlich kein Staat zu machen. Im Frühjahr suchte ich mir eine andere Unterkunft. Ich fand ein schönes Zimmer bei einem Ehepaar, das seinen einzigen Sohn im Krieg verloren hatte. Ich war bei ihnen gut aufgehoben. Sie kümmerten sich in liebevoller Weise um mich.

Mit meiner Anstellung war ich zufrieden. Die Art der Ausführung meiner Aufgaben war weitgehend mir überlassen. So führte ich bald praktischere Arbeitsabläufe ein, worauf auch die Zentrale des Unternehmens in Bad Nenndorf aufmerksam wurde. In meiner Freizeit, also samstags nachmittags und sonntags, wanderte ich oder ging in ein Freibad. Mittlerweile hatten meine Wirtsleute mich mit einem Anzug ihres Sohnes, der nur geringfügig geändert werden musste, ausgestattet. So sah ich manierlicher aus als vorher.

Auf der großen Liegewiese des Wuppertaler Freibades legte ich mich mit gehörigem Abstand in die Nähe eines Mädchens, das ich oft an gleicher Stelle liegen sah. Sie war dunkelhaarig und gut geformt. Weil sie nie in Gesellschaft war, sprach ich sie an. Sie ließ sich auf ein Gespräch mit mir gern ein. Wir trafen uns dann fast regelmäßig im Schwimmbad oder wanderten gemeinsam. Sie hieß Ursula und war neunzehn. Wir waren einander bald zugetan. Sie wollte mich deshalb unbedingt ihren Eltern vorstellen, was mir jedoch nicht so recht behagte. Ihren Eltern, einfache Leute, gefiel unsere Beziehung. Mir stand jedoch nicht der Sinn nach einer festen Bindung fürs ganze Leben.

Was mich in dieser Zeit immerzu belastete, war der versperrte Weg in meine Heimat, die Oberlausitz. Die Russen hielten die Zonengrenze streng bewacht. Jeder aufgegriffene Grenzgänger machte sich als Spion oder Saboteur verdächtig. Ich glaubte aber, dass es in dem Hunderte Kilometer langen Grenzstreifen unbewachte Lücken geben müsse. Ein Durchkommen müsste doch in bewaldeten Gebieten möglich sein. Ich traute mir also den Grenzübergang zu und machte mich mit der Bahn auf den Weg in Richtung Walkenried im Harz. Auf dem Walkenrieder Bahnhof herrschte Betrieb. Viele Frauen mit Kindern und einige Männer standen da herum. Sie alle hatten die Absicht, ihre Heimat im russisch besetzten Gebiet aufzusuchen. Ich tat mich mit einem jungen Mann zusammen, der sich abgesondert hatte. Wir waren entschlossen, gemeinsam über die Zonengrenze zu gelangen, die nur einige Kilometer entfernt war. Unterwegs trafen wir auf eine Gruppe von Frauen mit Kindern, die sich uns unbedingt anschließen wollten. Sie hatten Angst, alleine weiterzugehen. Das war uns zwar nicht recht, aber wir konnten uns diesem Wunsche nicht verschließen. Als wir das Waldgebiet erreicht hatten, baten wir die Frauen, sich ganz ruhig zu verhalten. Wir pirschten uns vor, um zu erkunden, ob russische Patrouillen zu sehen seien. Nicht weit von uns sahen wir zwei bewaffnete Soldaten. Also mussten wir warten, bis sie sich entfernt hatten, oder wir mussten vorsichtig einen anderen Durchschlupf suchen. Durch die Unruhe der Kinder wurden jedoch die Soldaten auf uns aufmerksam. Sie kamen mit schussbereiten Maschinenpistolen auf uns zugerannt und machten uns deutlich, dass wir ihnen folgen sollten.

Die Verhöre der russischen Offiziere, die in einer Baracke stattfanden, dauerten Stunden. Einige Soldaten schikanierten uns Männer, indem sie uns befahlen, tiefe Löcher in der Nähe der Baracke zu graben. Während wir zwei Männer über Nacht eingesperrt wurden, entließen sie die Frauen mit ihren Kindern. Wir zwei mussten am nächsten Morgen über die Grenze zurück. Als wir uns in

Sicherheit wähnten, entschlossen wir uns, den Übergang über die Grenze an einer weniger gefährlichen Stelle zu versuchen. Diesmal kamen wir unbehelligt durch. In der ersten Ortschaft auf russisch besetztem Gebiet, Ellrich, konnten wir uns nicht aufhalten. Dort wimmelte es von russischen Soldaten. Ellrich hatte auch keine Bahnstation. Halbwegs sicher fühlten wir uns erst, als wir nach einem langen Fußmarsch durch unwegsames Gelände Nordhausen erreichten. Mein Weggefährte ging nun seinen eigenen Weg. In Nordhausen war mir wohler, weil ich dort eine Bekannte hatte, die ich sogar gleich antraf. Das unerwartete Wiedersehen bescherte uns einige schöne Stunden.

Die Bahnfahrt von Nordhausen bis Bischofswerda in Sachsen verlief ohne Überraschungen. Bei dem letzten Stück zu Fuß von Bischofswerda nach Schmölln war ich sehr aufgeregt. Da ich ohne Ankündigung zu Hause ankam, waren meine Mutter und meine ältere Schwester fast erschrocken, als ich in der Tür stand. Wir freuten uns unsäglich über das Wiedersehen. Ich hatte beide schon Jahre nicht mehr gesehen. Ich blieb nur drei Tage, weil mein unerlaubter Aufenthalt nach dortiger polizeilicher Reglementierung eine schwere Straftat war. So musste ich auch Besuche im Ort unterlassen. Der Abschied von Mutter und Schwester war schwer. Den Rückweg konnte ich leichter bewältigen. Erstens kannte ich jetzt eine kaum bewachte Stelle an der Zonengrenze und zweitens war ich allein. Ich konnte also schon am Tag nach der Rückkehr wieder meinen Platz im Büro einnehmen.

Anfang 1947 bekam ich eine Anfrage von der Zentrale, ob ich in der neuen Zweigstelle in Wiedenbrück den Posten des ersten Kaufmanns übernehmen wolle, natürlich zu besseren Bedingungen als in Schwelm. Ich sagte ohne lange zu überlegen zu und erhielt einen Vertrag als gut eingestufter Angestellter. Im Wiedenbrücker Büro hatte ich zwar keine weibliche Nachbarschaft, dafür hatte ich aber ein sehr gutes Einvernehmen mit dem technischen Leiter. Er hatte in dem nahen Gut St. Vit für uns beide ein Quartier mit Halbpension ausfindig gemacht. Herr Cassak, so hieß er, war in Wuppertal zu Hause. Unser Dienstfahrzeug war ein zweisitziger DKW, »Leukoplastbomber« genannt. Mit diesem nicht sehr schnellen Pkw fuhr er meist am Samstagnachmittag nach Hause. Er nahm mich mit, wenn ich Lust auf einen Besuch in Schwelm hatte, über den sich die Ursula natürlich sehr freute.

Die Zeit in Wiedenbrück-St. Vit hatte für mich einen besonderen Reiz. Nach getaner Arbeit, meist am Schreibtisch, sah ich mich auf dem schönen, großen Gut um. Am häufigsten befasste ich mich mit den Pferden. Bald befreundete ich mich mit dem Eleven, der die Pferde betreute. Das gemeinsame Abendessen in großer Runde mit der Herrschaft und dem Hausgesinde war für mich immer ein kleines Erlebnis, was sowohl die Kost als auch die Unterhaltung betraf. Es dauerte auch nicht lange, bis mein Interesse für eine Küchenmamsell bemerkt und erwidert wurde. Jedoch hielt sich die Liebschaft in Grenzen, weil wir immer wieder bei unseren heimlichen Schmuseversuchen gestört wurden. Um das liebenswerte

Mädchen einfach nachts in ihrem Zimmer aufzusuchen, wofür es eine Einladung gab, fehlte mir der Mut. Ihr Zimmer befand sich in der Nähe der Schlafzimmer der Herrschaft.

Mein Einsatz im Wiedenbrücker Büro dauerte leider nur ein knappes Jahr. Die von der englischen Besatzung verlangte Wiederherstellung der zerstörten Orts- und Fernkabel wurde auf immer weitere Bereiche ausgedehnt. So mussten auch die Trassen im südlichen Niedersachsen ausgebessert oder erneuert werden. Das erforderte die Einrichtung einer weiteren, größeren Zweigstelle, die mehrere Montage- und Bautrupps zu betreuen hatte. Die Zentrale übertrug mir die kaufmännische Leitung. Die Arbeit dort war umfangreicher als in Schwelm und in Wiedenbrück. Unser Büro hatten wir in Rosdorf bei Göttingen. Ich verstand mich sowohl mit dem technischen Leiter als auch mit dem übrigen Personal sehr gut. Eine Unterkunft fand ich in einer kleinen Pension in Rosdorf. In der ersten Zeit hatte ich kaum private Kontakte. Ich war hier stärker eingespannt als in den letzten beiden Jahren.

Im Sommer verbrachte ich meine freie Zeit oft beim Baden in einer stillgelegten Tongrube unweit unseres Büros. Sie gehörte zu einer verlassenen Ziegelei, in der wir unser großes Materiallager hatten. Dort fand sich nur für kurze Zeit ein Mädchen ein, das mehr las als badete. Mich interessierte, mit welcher Literatur sie sich befasste, und ich sprach sie deshalb an. Sie las Rainer Maria Rilke und Heinrich Heine, was mich erstaunte.

Sie war für mich eine sehr angenehme Gesprächpartnerin. Die Freundschaft währte allerdings nicht lange, weil sie sich nur zu Besuch bei ihrem Onkel, dem Besitzer der nicht mehr in Betrieb befindlichen Ziegelei in Rosdorf, aufhielt.

Die Wunden des Krieges waren noch lange nicht verheilt und die Versorgung der Bevölkerung war noch völlig unzureichend. Noch immer blühten der Tauschhandel und der Schwarzmarkt. Die wichtige Bahnstrecke Kassel–Göttingen war nur etwa zweihundert Meter von unserem Büro entfernt. Das nächste Signal war in Sichtweite. Eines Tages hörten wir das lang andauernde Pfeifen einer Lokomotive, was uns stutzig machte. Schließlich hörten wir auch Geschrei. Wir unterbrachen unsere Arbeit und rannten zum Bahndamm. Dort hielt ein Güterzug. An zwei Waggons standen die Türen offen. Davor lagen einige aufgeschlitzte Mehl- und Griessäcke, daneben verstreut der Inhalt. Der Güterzug hatte noch keine freie Fahrt, das Signal stand noch auf Halt. Die Bande, die den Zug zum Stehen gebracht und die Waggons gewaltsam geöffnet hatte, war verschwunden. Ich lief zum Büro zurück, um Beutel zum Einfüllen der kostbaren Ware zu holen. Als ich wieder am Bahndamm war, traf die Polizei ein. Sie wollte von uns Neugierigen Hinweise über das Vorgehen der »Eisenbahnspringer« haben, die wir ihnen aber nicht geben konnten. Dass wir unsere Beutel füllten, berührte sie nicht. Der Güterzug hatte bald wieder freie Fahrt. Später wurde gemunkelt, dass mehrere Raubzüge dieser Art einvernehmlich mit dem Zugpersonal abgelaufen seien.

Als Folge der Kriegswirtschaft hatte unsere damalige Währung, die Reichsmark, ihren Wert so weit eingebüßt, dass es schließlich zur Inflation kam. Die Währungsreform im Juni 1948, bei der die Deutsche Mark eingeführt wurde, ließ für jeden einen Umtausch von sechzig Reichsmark in sechzig Deutsche Mark, die sogenannte »Kopfprämie«, zu. Für mich war dieser Tausch nicht sehr hart, weil ich kein größeres Altgeldguthaben hatte.

Ganz erstaunlich an diesem Prozess war, dass die viele Jahre dauernde Mangelwirtschaft von einem Tag auf den anderen beseitigt war. In den Geschäften war plötzlich fast alles wieder zu haben. Wo hatten die Geschäfte über Nacht die Bestände her? Sie hatten offenbar längst auf die neue Währung spekuliert und dementsprechend Ware angehäuft. Die Währungsreform besiegelte auch das Ende der Tausch- und Schwarzmarktgeschäfte.

Da der Harz nicht fern war, machte ich an den Wochenenden oft Ausflüge in dieses schöne Bergland. Das neue Geld hatte das materielle Leben fast aller positiv verändert, ausgenommen derjenigen, die von der Zeit vor der Währungsreform profitiert hatten. Noch war das neue Geld knapp, aber man konnte sich nach und nach »etwas leisten«. Für meine Wanderungen im Harz brauchte ich keine Butterbrote mehr einzupacken, sondern konnte in Gaststätten einkehren. Da ich aber von Haus aus sparsam war, sammelte sich bei mir bald eine ansehnliche Rücklage an.

Während meiner Arbeit musste ich oft telefonieren. Die Gespräche wurden nach Anmeldung handvermittelt. Dabei faszinierte mich die Stimme einer Telefonistin, an die ich sehr oft geriet. Sie war anfangs kurz angebunden, wurde aber von Mal zu Mal freundlicher. Ich erfuhr von ihr, dass sie, so wie ich, allein sei. Meinen Vorschlag zu einem Treffen nahm sie ohne Zögern an. Sie war zierlich und gepflegt. Wir trafen uns dann öfter. Sie wohnte als Untermieterin bei zwei gebildeten älteren Damen, die sehr auf Sitte und Anstand bedacht waren. So musste ich meine Besuche spätestens um zehn Uhr beenden. Wohlgemerkt, ich war damals siebenundzwanzig. Schlug die Uhr zehn, klopften sie an die Tür.

Insbesondere in der Zeit vor der Währungsreform, aber auch danach, besorgte ich meiner Bekannten, was ihr fehlte. Das war unter anderem auch Kohle für ihren kleinen vorsintflutlichen Kanonenofen. Sie war damals noch sparsamer als ich. Ihr Kühlschrank war meistens bis auf Margarine und Senf leer. Die Beziehung wurde herzlicher, so dass wir im Frühjahr 1949 beschlossen, uns zu verloben. Zu dieser Zeit hatte man mich in die Zentrale nach Bad Nenndorf geholt. Dort war ich für die Betriebsbuchhaltung zuständig und konnte mein Schulwissen praktisch anwenden. Ich hatte eine sichere Position unter den dreißig Angestellten, mit denen ich gut zurechtkam.

Bad Nenndorf, das wie ein Dorf wirkte, hatte damals nicht viel zu bieten. Ich hatte mich im Hotel Hessischer Hof eingemietet. Dort war auch ein in die Zentrale versetzter Kollege untergekommen, mit dem ich mich anfreundete. Er war ein verlässlicher, verheirateter junger Mann. Unsere Freizeit brachten wir meist mit Wanderungen im nahen Deisterbergland zu. Wenn wir uns am Wochenende nichts Besonderes vorgenommen hatten, speisten wir sonntags mittags in einer kleinen Gaststätte in der Nachbargemeinde. Dort gab es immer preiswertes und gutes Essen in großen Portionen. Das war es aber nicht allein, was mich dort hinzog. Hier fanden sich mehrere junge Leute des Ortes regelmäßig sonntags zum Tischtennisspielen ein. Sie nahmen uns gern in ihre Runde auf. Unter ihnen befand sich auch ein apartes junges Mädchen, mit dem ich sehr gern eine Partie spielte. Ich war von ihrer Art sehr angetan und sie konnte mich offenbar auch gut leiden. Aber was half es. Ich war verlobt und sie war verlobt, und so konnten wir die Freundschaft nicht vertiefen. Das schmerzte mich sehr, denn sie war ein gescheiter und feinfühliger Mensch.

1949 wurden die Oberpostdirektionen der Deutschen Bundespost für den Ausbau des Kabelnetzes zuständig, was die Auflösung der Zentrale in Bad Nenndorf zur Folge hatte. Im Zuge der Neuordnung des Post- und Fernmeldewesens wurden in Darmstadt zwei Oberbehörden, das Fernmeldetechnische und das Posttechnische Zentralamt (FTZ/PTZ), beide früher in Berlin, eingesetzt.

Im FTZ brauchte man für die Abteilung Logistik fähige Sachbearbeiter. Da ich von der Leitung der Zentrale in

Bad Nenndorf dafür empfohlen wurde, stand meiner Übernahme nichts im Wege. Vor meinem Arbeitsantritt in Darmstadt hielten wir in Göttingen Hochzeit. Davor hatte es bei einem meiner Besuche in Göttingen einen Eklat gegeben, bei dem mir meine Verlobte den Verlobungsring vor die Füße warf. Sie nahm an, dass ich mit der Telefonistin der Telefonzentrale in Bad Nenndorf ein Verhältnis habe, nur weil sie nicht schnell genug mit mir verbunden worden war. Sie war von Anfang unserer Verbindung an misstrauisch und eifersüchtig. Das sollte später schlimme Formen annehmen. Diese Eigenschaften gehörten wohl zu ihrem Naturell. Erst viel später wurde mir gewahr, was sich hinter ihrem Verhalten verbarg.

Das FTZ, das zu Beginn des Jahres 1949 etwa vierhundertfünfzig Beschäftigte hatte, vergrößerte sich von Jahr zu Jahr durch die Ausweitung der Kompetenzen und Aufgaben. Der Personalstand stieg nach und nach bis auf ungefähr zweitausendfünfhundert Kräfte. Abgesehen von den Schreibkräften setzte sich das Personal vornehmlich aus Beamten des gehobenen und höheren Dienstes zusammen. Ich war einer der wenigen Angestellten im höheren Dienst. Das hatte ich insbesondere dem Umstand zu verdanken, dass es damals keine Beamtenlaufbahn gab, die auf kaufmännisch-betriebswirtschaftliche Grundlagen ausgerichtet war. Mir ist es durch Beharrlichkeit und Fortbildung gelungen, mich in dieser Behörde zu bewähren. Mit ausschlaggebend war aber sicher auch meine Art.

Meine Tätigkeit als Sachverständiger, zum Beispiel für Selbstkostenpreis-Analysen, war nicht mein Traumberuf, trotzdem habe ich diese interessante Arbeit mit Unterstützung meiner Mitarbeiter gern ausgeführt. So fand ich nicht nur im eigenen Hause, sondern auch bei den Kontrahenten der Fernmeldeindustrie Anerkennung.

Urlaub am Ammersee

Diesmal sollte es ein ganz anderer Urlaub werden. Nicht nur Bergwanderungen und Museumsbesichtigungen, sondern auch Schwimmen und Paddeln. Als Urlaubsort hatten wir uns für Utting am Ammersee entschieden. Ich bemühte mich schon rechtzeitig um eine Urlaubsunterkunft in einer Pension. Unseren Urlaub hatten wir für Ende Juli bis Mitte August geplant, also in der schönsten Sommerzeit. Wir, das waren meine Frau, unser zwölfjähriger Sohn Christian und ich. Was wir bis dahin noch nicht hatten, aber unbedingt brauchten, war ein Schlauchboot für mindestens drei Personen. Nach gründlicher Information in Fachgeschäften kauften wir schließlich ein Markenboot, was nicht gerade billig war.

Wir hatten die Reise gut vorbereitet. Die Fahrtroute in das Voralpengebiet war mir von mehreren dienstlichen Reisen mit dem Pkw nach München bekannt. Autofahren war damals, 1973, noch eine Freude. Kein Vergleich mit den Zuständen auf den Straßen von heute. Wir hofften auf richtiges schönes Sommerwetter. Schon in der Frühe fuhren wir los, weil wir schnell am Ziel sein wollten. Die Fahrt verlief ohne Komplikationen. Wir machten nur eine kurze Rast, denn wir konnten es nicht abwarten, Utting zu erreichen. Die Unterkunft und die Vermieter gefielen uns gut. Das Auspacken und Einräumen ging flott, so dass wir uns gleich im Ort und am See umsehen konnten. Von den kleinen Badebuchten in Ortsnähe gefiel uns eine besonders gut. Sie sollte unser Lagerplatz für unsere Ferienzeit sein. Dort war es ruhig und es gab auch schattige Plätze. Am nächsten Tag brachen wir gleich nach dem Frühstück mit Sack und Pack auf, um uns auf dem ausgesuchten Platz niederzulassen. In der Nähe unseres Lagers waren nur wenige Leute. Nachdem wir das Boot hergerichtet hatten, tauften wir es auf den Namen »Wasserfloh« und ließen es zu Wasser. Unsere Badebucht hatte einen flachen Kieselstrand, der auch für Kinder geeignet war. Weil sich meine Frau nicht mit ins Boot traute, probierten Christian und ich es ohne sie aus. Da wir uns gleich sicher fühlten und auch gute Schwimmer waren, paddelten wir bei ruhiger See ziemlich weit hinaus. Wir waren glücklich, uns diesen Urlaubswunsch erfüllt zu haben. So brachten wir die ersten Tage bei schönstem Urlaubswetter mit Schwimmen und Paddeln zu. Nur meine Frau traute sich nichts zu. Sie hatte nie Schwimmen gelernt und sie ließ es sich auch nicht beibringen. Gutes Zureden half nichts. So lief sie nur wie die kleinen Kinder im knietiefen Wasser hin und her.

Zur Abwechslung machten wir in den nächsten Tagen kleine Wanderungen, unter anderem einmal nach Dießen und nach Andechs, um das berühmte Kloster zu sehen. Mir war bekannt, dass die Mönche dort ein gutes dunkles Bier brauten, was ich natürlich unbedingt probieren wollte. Als wir durch Dießen schlenderten, fiel uns ein Schaufenster mit Zinnfiguren auf. Da wir uns für historische Zinnfiguren sehr interessierten, informierten wir uns in dem Geschäft über deren Herkunft.

Wir erfuhren, dass sie aus der eigenen Werkstatt waren. Es wurde uns sogar gestattet, den kleinen Betrieb zu besichtigen. Das große Sortiment, das sie fertigten, bestand aus Figuren verschiedener Maßstäbe. Erstaunt waren wir über die präzise Verarbeitung. Natürlich kauften wir einige Figurensätze.

Für das großzügig angelegte Strandbad in Dießen mit den vielen Badegästen interessierten wir uns weniger. Da gefielen uns die eher stillen kleinen Badeflecken bei Utting am See besser. Am Strandbadeingang von Dießen sahen wir ein Plakat, das auf das jährlich stattfindende Ammersee-Volksschwimmen vom Strandbad Dießen bis zum Strandbad Herrsching aufmerksam machte. Das interessierte uns. Der Termin war der letzte Sonntag unseres Urlaubs, zwei Tage vor unserer Abreise. Wer teilnehmen wollte, musste sich anmelden. Es kostete drei Mark pro Schwimmer, so überlegten wir nicht lange und meldeten uns an. Wir hörten, dass das Volksschwimmen von dem örtlichen Schwimmverein und der DLRG (Deutsche Lebensrettungs-Gesellschaft) gut organisiert sei. Die Veranstaltung gehörte zum jährlichen Sommerprogramm der Gemeinde Dießen.

Die wenigen Tage bis zu dem erwarteten Schwimmereignis vergingen schnell. Noch hielt das schöne Wetter an. Aber am Samstag davor zogen dunkle Wolken auf und die Temperatur sank deutlich ab. Als wir uns dann am Sonntag auf den Weg zum Dießener Strandbad machten, wurden wir von heftigen Böen überrascht. Dort hatte sich schon eine große Menschenmenge eingefunden. Die jungen Männer waren erwartungsgemäß am stärksten vertreten. Es waren aber auch mehrere junge Frauen und Männer mittleren Alters darunter. Sicher waren die meisten von ihnen routinierte Schwimmer. Der Start sollte um elf Uhr sein. Das Wetter hatte sich aber nicht gebessert. Die Dünung hatte sich verstärkt. Schließlich wurden die Teilnehmer per Lautsprecher verständigt, dass der Start eventuell verschoben werden müsse. Man wolle aber damit noch etwas warten. Die roten Warnblinkfeuer am Ufer setzten bald aus. Die Organisatoren entschlossen sich deshalb, den Start freizugeben. Unsere Begeisterung war allerdings nicht mehr sehr groß. Der Startschuss fiel und die ganze Meute von etwa zweihundert Schwimmern stürzte sich ins Wasser. Das Wasser war kalt und die Wellen gingen noch immer hoch. Christian, der ein geübter Schwimmer war, und ich blieben zunächst beisammen. Am Anfang befanden wir uns in der Mitte des großen Schwimmerfeldes. Links, rechts und hinter uns schwammen die Rettungsboote der DLRG und des DRK. Die starken Wellen machten uns zu schaffen, aber noch glaubte ich, mit Christian das Ziel, das Strandbad in Herrsching am gegenüberliegenden Ufer, erreichen zu können. Bis dahin waren es schätzungsweise mindestens noch zwei Kilometer. Das Schwimmerfeld wurde lang und länger. Als wir etwa den ersten Kilometer geschafft hatten, waren einige Schwimmer schon weit voraus in der Mitte des Sees. Das Wasser wurde zur Mitte des Sees hin immer kälter. Es waren vielleicht gerade sechzehn Grad. Dass der Ammersee ein tiefes Gewässer ist, das sich nur langsam bei anhaltend hoher Temperatur erwärmt, hatte ich schon nach den ersten Badetagen festgestellt. Das kalte Wasser und der unerwartet hohe Wellengang machten mir zu schaffen. Trotzdem konnte ich fast bis zur Mitte des Sees durchhalten. Es war aber eine ungewohnte Kraftanstrengung. Obwohl ich das Tempo verlangsamte, verspürte ich erste Anzeichen eines Muskelkrampfes im rechten Bein. Ich versuchte auf der Stelle, mit Massieren die Schmerzen zu unterdrücken. Das bewirkte aber nichts. Christian sah, dass ich nicht vom Fleck kam. Ich rief ihm zu, er solle mich zurücklassen und weiterschwimmen. Noch gab ich nicht auf. Ich glaubte, dass ich nur die sehr kalte Mitte des Sees bewältigen müsse, um mit der schlimmen Behinderung fertig zu werden. Der Krampf wurde jedoch stärker, so dass ich gar nicht mehr von der Stelle kam. Mittlerweile befand ich mich unter den letzten Schwimmern. Schließlich versuchte ich nur mit den Armen voranzukommen, was aber wegen des starken Wellengangs nichts brachte. Jetzt wusste ich, dass ich aufgeben musste. Dies Eingeständnis war schlimmer als der Muskelkrampf. Christian hatte inzwischen gut aufgeholt und nur noch das letzte Viertel der Strecke vor sich. Die Ersten waren schon nahe am Herrschinger Ufer. Es half nichts, ich musste mich bei dem nächsten Rettungsboot bemerkbar machen, das sofort auf mich zu steuerte. Sie zogen mich aus dem Wasser und wickelten mich in eine Decke. Das war ein schmerzlicher Augenblick für mich. Die Rettungshelfer hatten vorher schon drei Schwimmer, zwei Männer und eine Frau, alle mittleren Alters, aufgefischt. Aber das war kein Trost für mich. Als die Schwimmer und die Boote das Herrschinger Strandbad erreicht hatten, wurden alle betreut. Dann ging es mit den bereitgestellten Bussen zurück zum Dießener Strandbad. Dort wartete ein kleiner Imbiss auf alle Teilnehmer. Die erfolgreichen Teilnehmer, darunter auch Christian, erhielten Urkunden. Der Muskelkrampf, der über meinen Ehrgeiz gesiegt hatte, ließ allmählich nach, so dass wir bald nach Utting zurückfahren konnten.

Der Stachel, versagt zu haben, machte mir noch lange zu schaffen. Ich habe auch nie mehr an einem Volksschwimmen dieser Art teilgenommen. Aber wo gab es das sonst schon?

Die Notlüge

Christian war schon als Kleinkind ungewöhnlich tier-lieb. Kranke Tiere pflegte er mit Hingabe. Dazu gehörten auch Kröten, Mäuse und anderes Kleingetier, vor denen sich viele Menschen ekeln. Seine Wünsche zu Weihnach-ten oder zu den Geburtstagen betrafen meist Kleintiere, die man in der Wohnung halten konnte. Wir hatten weiße Mäuse, Goldhamster, Meerschweinchen und Ka-ninchen. Die Kaninchen, die wir als Zwergkaninchen in der Zoohandlung kauften, entwickelten sich meist zu Riesen-Belgiern. In der wärmeren Jahreszeit waren die Tiere unter Christians Aufsicht oft im Freien, sonst in Käfigen in seinem Zimmer oder auf dem Balkon. Allerdings beschränkte sich seine Tierliebe nicht nur auf kleine Tiere. Als er zehn war, wollte er unbedingt ein Pony haben. Es war anstrengend, ihm das auszureden. Von seinem siebenten Lebensjahr an verbrachten wir un-sere Sommerurlaube mit Christian über mehrere Jahre in Ferienwohnungen bei Bauern, meist waren es Klein-bauern. Die Ferienwohnungen brauchten auch für uns Eltern keinen großen Komfort zu haben. Uns war auch eine einfache Ausstattung recht. Der Junge fühlte sich richtig wohl, wenn es auf den Höfen Kühe, Kälbchen, Schweine, Ferkel, Hunde, Katzen und Federvieh mit vie-len kleinen Küken gab. Allerdings interessierte ihn ge-legentlich auch schon mal ein Bulldog. Das ging so von Ende der Sechziger- bis Anfang der Siebzigerjahre. Die Struktur der Höfe der Kleinbauern entsprach damals der Mehrfelderwirtschaft und einer komplexen Viehhaltung, die von Pferden, Kühen und Schweinen bis hin zum Federvieh alles umfasste. Die Kleinbauern sahen keinen Grund, sich umzustellen. Die moderne Landtechnik für die Feldbearbeitung war noch am Anfang.

Christian ging es bei unseren Landurlauben nicht nur um das Streicheln der Tiere, sondern auch darum, dass er an der bäuerlichen Arbeit beteiligt werden konnte. So wurde jeder der fünf Urlaube, die wir auf einem Bauernhof verbrachten, zu einem Erlebnis für ihn. Für meine Frau und mich waren es immer erholsame Zeiten, denn Christian war meist in der Obhut der Bauersleute. Bei der sechsten Ferienwohnung, in einem kleinen Dorf in den Hassbergen, war das ganz anders. Es war dann auch der letzte Urlaub in einer Ferienwohnung auf dem Lande. Christians bester Freund Urs hatte uns mit Erlaubnis seiner Eltern gebeten, einmal zwei Wochen der Sommerferien mit uns auf dem Lande verbringen zu dürfen. Für Urs war das der erste Urlaub auf einem Bauernhof. Die beiden Jungen waren in ihrer Art sehr unterschiedlich. Während Christian eher besonnen, abwägend und vernünftig war, sann der lebhafte Urs gern auf Streiche und Dummheiten. Beide waren damals in der ersten Klasse eines hiesigen Gymnasiums. Nachdem wir uns in der großen Ferienwohnung des Bauernhofes eingerichtet hatten, sahen wir uns auf dem Anwesen um. Das war kein Bauernhof nach unseren und den Vorstellungen der Kinder, das war eher eine ökonomisch gestaltete landwirtschaftliche Produktionsstätte. Der Bauer hatte sich auf die zwei offenbar lohnenden Ertragsbereiche eingerichtet: Bullenmast und Legebatterien. Wir sahen zwölf

Bullen festgebunden in einem mäßig großen Stall und Hunderte von Hühnern in einem langen Schuppen ohne Tageslicht. So etwas Deprimierendes hatten wir noch nie gesehen. Seine Produkte, Rindfleisch und Eier, vermarktete der Bauer selbst. Dazu diente ein speziell hergerichteter Kleinlieferwagen. Des Bauern Kundschaft war in den Vororten von Bamberg.

Es war enttäuschend für unsere beiden Jungen: keine Kälbchen, keine kleinen rosigen Ferkel, keine Fohlen. Als Haustiere gab es nur einen Hund, mehrere Katzen und für die Selbstversorgung zwei Schweine. Der Hof war auffallend sauber, aber eben kein Bauernhof, wie ihn Kinder erwarten. Auf Ordnung und Sauberkeit wäre es ihnen gar nicht so sehr angekommen. Als wir die kurze Besichtigung beendet hatten, machten unsere beiden Helden verzerrte Gesichter, und Tränen konnten sie nicht verbergen. Ihre Bauernhof-Fantasien waren wie Seifenblasen zerplatzt. Unsere Beschwichtigungsversuche, sie könnten doch mit dem Hund und den Katzen spielen, bewirkten nichts. Erst als wir ihnen Ersatzangebote machten, wie zum Beispiel Bootsfahrten auf dem Main oder der Regnitz, ließen sie wieder mit sich reden.

Einige Tage später machte uns die Bäuerin darauf aufmerksam, dass sie den Kükenhändler erwarte, der im Dorf mehrere Abnehmer hatte. Sie müsse für die Hühneraufzucht fünfhundert Küken kaufen. Der Händler, auf den unsere beiden Kerle ungeduldig warteten, machte sich tags darauf mit einer Glocke bemerkbar. Er hielt mit seinem großen Lieferwagen direkt vor unserem

Bauernhof. Christian und Urs waren sofort zur Stelle. Aus unzähligen Spezialkartons hörte man aus vielen kleinen Schnäbeln das Gepiepse der frisch geschlüpften kleinen Tierchen. Die Bäuerin ließ sich mehrere Kartons öffnen und schien mit dem Inhalt zufrieden. Unsere beiden Kerle standen staunend dabei. Ihr Kummer war verflogen. Urs hatte gleich die Idee, selbst einige Küken zu kaufen. Da machte der Händler den Vorschlag, lieber einige Entenküken, von denen er auch welche hatte, zu nehmen. Sie seien weniger empfindlich. Er zeigte ihnen einen Karton mit Entenküken, die den beiden noch besser gefielen als die Hühnerküken. Wir kamen schließlich mit ihnen überein, dass jeder zwei kleine Entlein haben sollte. Die meisten hatten einen schönen reinen hellgelben Flaum, einige davon hatten aber auch kleine dunkle Streifen. Es waren aber auch einige schwarze Exemplare darunter. Urs nahm zwei Helle, Christian ein Schwarzes und ein Helles. Ich glaube, jedes Entlein kostete fünfzig Pfennige. Sie waren schnell bereit, für den Preis von ihrem Taschengeld aufzukommen. Damit waren auch die wichtigen Eigentumsverhältnisse geklärt. Jeder bekam einen Karton für seine Entlein. Das Entzücken der beiden Jungen war sicher größer als die Freude zu Weihnachten. Jetzt waren sie beschäftigt, schließlich mussten die Tiere gut versorgt werden, wozu sie sich Rat bei der Bäuerin holten. Die erste Aktion bestand darin, ein kleines Gatter, etwa zwei mal zwei Meter groß, auf der Wiese hinter dem Stall herzurichten. Das Material dazu beschaffte ihnen der Bauer selbst. Für das Nachtquartier der vier süßen Piepser machte der Bauer eine kleine geschützte Ecke im Stall frei, was nicht so ganz im Sinne der Jungen war. Sie hätten sie am liebsten mit ins Bett genommen. Die nächsten zwei Tage hatten Christian und Urs nur Zeit für die Versorgung ihrer kleinen Lieblinge, obwohl diese auch ohne menschliche Hilfe ausgekommen wären. Dann kamen sie drauf, dass sich Enten gerne im Wasser aufhalten. Das war auch kein Problem, denn unweit des Bauernhofes war der Feuerlöschteich der Gemeinde, der von den Kindern des Dorfes auch zum Baden benutzt wurde. Also packten sie die kleinen Tierchen in die Kartons und liefen dorthin. Sie brauchten den Kleinen das Schwimmen nicht beizubringen. Kaum waren die vier auf dem Wasser, schwammen sie wie von selbst munter hin und her. Bloß mit dem Untertauchen klappte es noch nicht so richtig. Unsere beiden Jungen waren richtig glücklich. So etwas hätten sie zu Hause nie erlebt. Da das Wasser im Feuerlöschteich nur sehr flach war, hatten sie keine Mühe, die Tierchen einzusammeln. Auch in den nächsten Tagen waren sie beschäftigt, und es war nicht leicht, sie für etwas anderes zu interessieren. Lediglich eine Bootsfahrt, zwei Wanderungen und eine Fahrt nach Bamberg konnten wir ihnen abringen.

Als sich unser Urlaub dem Ende näherte, zeichneten sich erhebliche Differenzen wegen der Zukunft der Entchen zwischen den Jungen und uns ab. Für sie war es keine Frage, was mit den Entchen geschehen sollte. Sie gehörten zu ihnen und mussten mit nach Hause. Weiter dachten sie offenbar nicht. Uns graute vor dem Reisetag. Wie sollten wir sie überzeugen, dass wir die Tiere zurücklassen müssen? Sollten wir uns mit einer Notlüge helfen? Konnte uns die Bäuerin nicht beistehen? Das

Dilemma blieb bis zur letzten Stunde. Nach Absprache mit der Bäuerin erklärten wir, dass die empfindlichen kleinen Vögel, deren feiner Flaum sich schon verändert hatte, die lange Reise möglicherweise nicht gut überstehen würden. Daher sollten sie auf dem Hof zurückgelassen und im nächsten Jahr abgeholt werden. Indes hatten Christian und Urs die vier für die Reise schon in ihre Kartons getan. Schweren Herzens und unter Tränen fanden sie sich dann doch mit dem falschen Argument, der Notlüge, ab.

Die Rückfahrt verlief auffällig ruhig. Wir nahmen die Jungen im Auto kaum wahr. Sie brauchten wohl Zeit, um den Schmerz zu verwinden. Natürlich vertrieb der Alltag mit seinen Schulpflichten und Schülersorgen den großen Entenkummer. Im Jahr darauf waren sie nicht mehr um das Schicksal der kleinen Tiere besorgt. Aber noch heute denken sie gelegentlich an den »Enten-Urlaub« in den Hassbergen.

Zinnfiguren

Nach einem Besuch im Lichtenberger Schloss im Odenwald, in dessen Museum sich eine große Abteilung mit Zinnfiguren befindet, waren Christian und ich von diesen kleinen Kunstwerken sehr angetan. Aber schon vorher hatten wir Interesse an der Herstellung von Zinnfiguren. Schließlich entschlossen wir uns, historische Figuren in kleiner Menge selbst herzustellen. Das hatten wir uns an sich schon während unseres Urlaubs am Ammersee 1973 vorgenommen. Wir beschafften uns spezielle Literatur, so dass wir bald über die Einzelheiten der Herstellung der Zinnlegierung und der benötigten Werkzeuge und Gussformen informiert waren. Nachdem wir alles Notwendige beschafft hatten, richteten wir uns in der Bodenkammer für die Fertigung ein. Das Werkstattpersonal bestand aus zwei Personen, Christian und mir. Die Investitionen waren erschwinglich. Schwierig war es eigentlich nur, an gute Gussformen heranzukommen. Das schafften wir aber auch. Wir legten uns zunächst auf rund vierzig verschiedene historische und einige andere Figuren fest und begannen mit den einfachsten davon. Das Gießen war am Anfang schwierig, aber bald klappte auch das einwandfrei. Wir beide hatten uns eine vernünftige Arbeitsteilung vorgenommen. Ich konnte dabei von meinen früheren Refa-Studien profitieren. Das Bemalen der vier bis sieben Zentimeter hohen plastischen Figuren erforderte allerhöchste Sorgfalt, denn es mussten winzige Details mit Spezialpinseln maßstabsgerecht aufgebracht werden. Dazu bedurfte es einer ruhigen Hand. Zum

Bemalen brauchten wir viel Zeit, weil jeweils immer nur eine Farbe aufgetragen werden konnte. Das Entgraten war dagegen ein einfacher Arbeitsvorgang. Wir gaben uns Mühe, denn die Figuren sollten historisch korrekt ausfallen und auch kritischen Betrachtern zusagen. Mit dem Fortgang der Arbeiten gewannen wir mehr und mehr Freude an unseren »Geschöpfen«. Bald hatten wir eine stattliche Anzahl von Soldaten aus der friderizianischen Zeit und lustige Handwerkerfiguren fertig. Über viele Monate hatten wir unsere freie Zeit nur mit den Arbeiten in der Bodenkammer zugebracht. Eines Tages kam uns der Gedanke, einen Teil unseres Bestandes zu verkaufen und den Erlös unter anderem der Fernsehsendung »Aktion Sorgenkind« zukommen zu lassen. So stellten wir uns abwechselnd an mehreren Wochenenden mit einem kleinen Tisch und ausgewählten Figuren in den Fußgängerzonen mehrerer Städte auf. Einen Gewerbeschein hatten wir natürlich nicht. Ärgerlich war, dass uns unsere Standplätze wiederholt von Geschäftsleuten streitig gemacht wurden. Einige drohten sogar, uns anzuzeigen.

Das Interesse an unseren Figuren war unterschiedlich. Es gab Leute, die begeistert waren, die meisten interessierten sich aber nicht dafür. Dabei hatten wir die schönsten Figuren gut sichtbar vorn auf den Tisch gestellt. Den besten Absatz hatten wir am Weißen Turm in Darmstadt. Dagegen fanden wir in Michelstadt im Odenwald fast keinen Zuspruch, obwohl man uns in der Fußgängerzone nicht übersehen konnte. Unsere Einnahmen beliefen sich bei den Aktionen in den Fußgängerzonen immerhin auf rund dreihundertfünfzig Mark, die wir Hilfsorganisationen überwiesen. Ich hatte mit einem etwas größeren Betrag gerechnet.

Unsere Begeisterung für Zinnfiguren ließ schließlich etwas nach, aber wir stellten unsere Arbeit nicht gleich ein.

1975 verbrachten wir drei Wochen der Sommerferien in einer Ferienwohnung in einem Dorf am Wallersee in der Nähe von Salzburg. Vorsorglich hatten wir uns darauf eingestellt, bei schlechtem Wetter vorgefertigte Zinnfiguren zu bemalen. So konnten wir uns bei Regenwetter gut beschäftigen. Bei einem Besuch in Salzburg entdeckten wir in der Innenstadt einen Souvenirladen, in dessen Auslagen auch Zinnfiguren standen. Sie sahen miserabel aus und Preise fehlten. Die Verkäuferin, die sich später als Chefin vorstellte, taxierte uns erst, bevor sie die Preise einzelner Figuren nannte. Sie hatte wohl unterstellt, dass wir mit Kaufabsichten kamen. Für das schlechte Aussehen waren aber die genannten Priese viel zu hoch. Deshalb erklärten wir ihr, dass die Preise in keiner Weise gerechtfertigt seien. Nachdem wir ihr gesagt hatten, dass wir in der Herstellung von Zinnfiguren Erfahrung haben, fragte sie uns, ob wir ihr schöne neue Figuren in größerer Zahl beschaffen könnten. Das bejahten wir. Daraufhin fragte sie uns, ob sie uns einen derartigen Auftrag erteilen könne. Sie wollte das Geschäft am nächsten Tag mit uns besprechen und möglichst abschließen. Das geschah dann auch. Dabei legten wir einige Musterexemplare vor. Schließlich gab sie uns eine

Aufstellung über ihren Bedarf und wir setzten die ausgehandelten Einzelpreise ein. Die Bestellung belief sich auf rund dreihundert Figuren, was einen Gesamtpreis von ungefähr zweitausend Mark ausmachte. Für uns war das eine fast utopische Zahl. Es war unser erster kommerzieller Auftrag und es sollte auch der einzige bleiben. Eigentlich hatten wir ja gar nicht vor, ein Zinnfigurengeschäft zu betreiben. Durch unsere Begeisterung waren wir so in Fahrt gekommen, dass wir fast auf ein falsches Gleis gerieten.

Der Auftrag schloss auf Wunsch der Dame die Restaurierung ihrer lädierten Zinnfiguren, die sie uns gleich übergab, mit ein. Sie bestand auf Lieferung innerhalb von vier bis sechs Wochen. Offensichtlich wollte sie noch während der Saison das große Geschäft damit machen. Obwohl uns dabei nicht gut zumute war, nahmen wir den Auftrag an. Wir rückten mit gemischten Gefühlen ab. Da wir über so große Bestände nicht verfügten, setzten wir uns auf den Hosenboden und schafften bei fast täglicher Arbeit abends von sechs bis zehn Uhr die verlangten Figuren nach Art und Anzahl. Sie wurden sorgfältig verpackt und über den Zoll zur Post gebracht. Die spezifizierte Rechnung war im Paket. Wir waren heilfroh, den Auftrag prompt und handwerklich ordentlich ausgeführt zu haben. Es war eine richtige Vorzeigearbeit geworden. Als Zahlungsfrist waren vier Wochen nach Eingang der Figuren vereinbart worden. Das hatten wir schriftlich festgelegt. Was wollten wir mit dem vielen Geld machen, das wir bald haben würden? Nach fünf Wochen war auf meinem Konto noch keine Zahlung eingegangen. Wir hielten eine kurze Verzögerung von ein bis zwei Wochen für erklärlich. Nachdem über zwei Monate ohne Geldeingang vergangen waren, versuchte ich die Geschäftspartnerin in Salzburg telefonisch zu erreichen, was damals eine kostspielige Sache war. Am Telefon meldete sich ein Mann, der von dem Auftrag angeblich gar nichts wusste. Er versprach, unser Anliegen weiterzugeben. Es geschah aber nichts. So oft wir es auch versuchten, die Geschäftsinhaberin war telefonisch einfach nicht zu erreichen. Auch die schriftlichen Mahnungen blieben unbeantwortet. Nach einem halben Jahr wandten wir uns an die Deutsche Handelskammer in Salzburg, von der wir erfuhren, dass die Firma zahlungsunfähig sei und dass mehrere Gläubiger seit Langem auf ihr Geld warteten. Ein Insolvenzverfahren sei von dem zuständigen Gericht schon vor Monaten eingeleitet worden. Das verhieß uns wenig Hoffnung. Dennoch schickten wir der Kammer die gewünschten Papiere. Es verging über ein Jahr. In der Zwischenzeit machten wir uns über das ausstehende Geld keine Gedanken mehr, denn wir waren wohl einer Betrügerin auf den Leim gegangen. Doch dann erhielten wir unerwartet Post aus Salzburg mit dem Inhalt, dass wir an erster Stelle der Gläubiger befriedigt werden sollten. Sie avisierte uns einen Scheck genau in der Höhe unserer berechtigten Forderung. Der kam schon wenige Tage danach an. Das war wie ein warmer Regen. Geglaubt hatten wir daran nicht mehr.

Die Herstellung der Zinnfiguren haben wir nach etwa drei Jahren ganz eingestellt und die vorhandenen Bestände und das Gerät an interessierte Kinder verschenkt. Einige von den besonders schönen Figuren habe ich natürlich behalten.

Falsche Verbindungen

In meinem Sommerurlaub 1987 wollte ich das Dachsteingebiet und die Radstädter Tauern kennen lernen. Als Unterkunft hatte ich eine kleine Pension in Radstadt ausgemacht. Ich hatte ein kleines gemütliches Zimmer ohne Komfort, das mir aber ausreichte. Schließlich wollte ich die Urlaubstage überwiegend in den Bergen zubringen. Außerdem hatte ich die Absicht, wenigstens einmal mit der Murtalbahn, einer Kleinbahn, die noch regelmäßig in Betrieb war, zu fahren. Nebenbahnen mit historischen Lokomotiven und Personenwagen interessierten mich sehr. Während meiner ersten Urlaubstage waren außer mir nur vier Personen in der Pension. Mein erstes Wanderziel war der Rossbrand, der knapp tausendachthundert Meter hoch ist. Auch im Dachsteingebiet machte ich bald mehrere Wanderungen, so zum Beispiel von Ramsau zur Türlwandhütte. Am Ende der ersten Urlaubswoche kam ein neuer Gast. Eine ansehnliche, wenn auch nicht gerade schöne Frau in meinem Alter, also etwa Anfang sechzig. Unter den wenigen Gästen des Hauses war ich bis dahin der einzige allein Reisende. Bei ihrem ersten Frühstück saß die Dame noch allein an einem Tisch. Am nächsten Morgen schaute sie sich kurz um und steuerte dann auf meinen Tisch zu. Sie fragte, ob sie an meinem Tisch Platz nehmen dürfe. Das konnte ich nicht ablehnen, obwohl ich wie immer lieber allein geblieben wäre. Sie stellte sich vor und ich tat das auch. Ich brauchte nicht lange, um herauszufinden, dass meine Tischnachbarin einen Gesprächspartner brauchte. Da sie offenbar keine Vorstellungen über ihren Urlaubsverlauf hatte, fragte sie mich, ob sie sich mir anschließen könne. Ich sagte ihr, dass das wohl ginge, dass ich aber meist mehrstündige Bergwanderungen unternehme. An diesem Tag wollte ich noch einmal, aber nicht auf dem üblichen Weg, auf den Radstädter Hausberg, den Rossbrand. Sie sagte, sie traue sich auch eine mehrstündige Bergtour zu. Nach einer halben Stunde brachen wir auf. Sie hatte zünftige Wanderkleidung mit Kniebundhosen, Pullover, Bergschuhen und roten Socken an. So machte sie einen sportlichen Eindruck. Proviant hatten wir nicht mitgenommen. Deshalb legten wir auf halber Strecke bei der Bürgerbergalm eine kleine Rast ein. In der Hütte bot uns die alte Sennerin Milch und ein Käsebrot an. Dann ging es ohne wesentliche Unterbrechungen weiter. Sie lief vor mir, weil sie das Tempo bestimmen sollte. Der Weg war nicht besonders anstrengend. Bald fiel mir auf, dass sie an den Unterschenkeln Krampfadern hatte, weshalb sie besser Kniestrümpfe hätte tragen sollen. Erstaunlicherweise war meine Gefährtin, obwohl das ihre erste Tour war, gut zu Fuß. Erst oben auf der Radstädter Hütte musste sie verschnaufen. Der Rossbrand kann sich zwar nicht mit den großen Alpengipfeln messen, bietet aber dennoch einen herrlichen Rundblick über die Tauern, das Tennengebirge und das Dachsteinmassiv. In der Radstädter Hütte nahmen wir eine einfache, aber sehr schmackhafte Suppe zu uns. Für den Rückweg wählten wir die Tour über Rohrmöbs. Wir ließen uns Zeit, denn bis zum Abendbrot hatten wir noch zwei Stunden. Ich deutete meiner Wandergenossin an, dass ich am nächsten Tag mit der Bahn nach Salzburg fahren wolle. Sie bat mich ohne Zögern, mitfahren zu dürfen. Das konnte ich schließlich auch nicht ablehnen.

In den wenigen Stunden unserer Bekanntschaft erfuhr ich fast alles aus ihrem Leben. Sie war geschieden, hatte einen erwachsenen Sohn, den sie abgöttisch liebte, und arbeitete in einem Büro. Sie lebte allein, hatte aber angeblich viele Interessen. Am nächsten Tag war sie pünktlich zur verabredeten Zeit zur Stelle. Die Bahnfahrt nach Salzburg war nicht langweilig, was sowohl die Unterhaltung als auch die Fahrtstrecke betraf. Salzburg war mir keine fremde Stadt mehr. Ich hatte mir vorgenommen, mehrere historische Bauwerke anzusehen, ein bestimmtes Geschäft aufzusuchen und ausnahmsweise mal üppig zu speisen. Sie hatte keine besonderen Wünsche und war offenbar froh, in Gesellschaft zu sein. Zuerst sahen wir uns in der Altstadt Mozarts Geburtshaus, dann die Erzbischöfliche Residenz und schließlich den Dom an. Mit dem Mirabellgarten jenseits der Salzach schlossen wir unser Besichtigungsprogramm ab. Das Geschäft für Modellbahnzubehör suchten wir erst nach der opulenten Mahlzeit in einer feinen Gaststätte am Getreidemarkt auf.

Für die Rückfahrt nach Radstadt hatten wir uns auf eine Verbindung am Spätnachmittag eingestellt. Als wir am Bahnhof ankamen, brauchten wir nicht lange auf den Zug in Richtung Villach zu warten. Während der Fahrt gab es natürlich noch viel zu erzählen. Salzburg war für sie ein schönes Erlebnis, aber auch mir hatte der Tag gut gefallen. Als wir eine gute Strecke gefahren waren, hatten wir den Eindruck, im falschen Zug zu sitzen. Wir fuhren schon das Achetal entlang und passierten gleich Dorfgastein. Erschreckt sprangen wir auf. Wir entschlossen uns, beim nächsten Halt, das war Bad Gastein, auszusteigen. Wir waren also weit über den richtigen Umsteigebahnhof Bischofshofen hinaus gefahren. Von dem Stationsvorsteher erfuhren wir zu unserem Leidwesen, dass es um diese Uhrzeit keine Verbindung mehr nach Radstadt gebe. Wir sollten doch einfach am nächsten Morgen eine Zugverbindung nach Radstadt nehmen, ein gutes Hotel sei gleich gegenüber. Er hielt uns wahrscheinlich für ein Ehepaar. Was sollte er auch sonst von uns soliden Leuten denken? Nein, das war keine gute Lösung, denn auf eine Übernachtung im Hotel waren wir nicht eingestellt. Der Bahnbeamte meinte, er könne uns sonst nicht helfen. Er ließ uns stehen und verschwand im Bahnhof. Nach einer Weile kam er mit strahlendem Gesicht wieder heraus. Er hatte eine verblüffende Lösung, die uns wie ein kleines Wunder vorkam. In einigen Minuten werde ein Güterzug aus Villach kommen, dessen Lokführer er per Funk gebeten habe, uns mitzunehmen, und der deshalb ausnahmsweise hier in Bad Gastein halten werde. Ich traute meinen Ohren nicht, weil ich das bei der Deutschen Bahn nicht für möglich gehalten hätte. Es verlief aber wie gesagt. Bald sahen wir in der Ferne einen langen Güterzug herannahen. Voran eine schwere Diesellok. Wir waren ganz aufgeregt, als der lange Zug tatsächlich mit quietschenden Bremsen anhielt. Der Lokführer und der Stationsvorsteher wechselten nur einige Worte miteinander. Dann stiegen wir in die riesige Lok. Wir brauchten dem sympathischen Lokführer nicht viel von unserem

Missgeschick zu erzählen, das hatte der Stationsvorsteher schon besorgt. Im Führerstand war es eng. Der Güterzug hatte den nächsten Regelhalt erst in Salzburg. Kamen wir unterwegs an Bahnhöfen vorbei, mussten wir uns ducken, damit wir nicht gesehen werden konnten. Da wir in Bischofshofen Anschluss nach Radstadt hatten, musste er ein zweites Mal unerlaubt halten. Offenbar war ihm das zeitlich möglich. Wir konnten uns beim Abschied in Bischofshofen noch nicht einmal richtig bedanken. Mit der Verbindung nach Radstadt hatte es am Abend tatsächlich noch geklappt. Das war ein Erlebnis wirklich besonderer Art.

Ich hatte noch vier Urlaubstage vor mir. Am nächsten und übernächsten Tag hatte ich keine Ruhe vor meiner neuen Bekannten. Sie brauchte offenbar einen ständigen Begleiter, wonach mir aber nicht der Sinn stand. Ich entschloss mich daher, meinen Aufenthalt in Radstadt abzubrechen, womit die Pensionswirtin einverstanden war. Meine Begleiterin war von meinem Entschluss sehr überrascht. Obwohl sie sich um gutes Aussehen und gescheites Reden bemühte, konnte ich mich für sie nicht erwärmen. Meine Begründung, noch anderswo Station zu machen, nahm sie mir wohl nicht ab. Sie wünschte sich aber brieflich mit mir in Kontakt zu bleiben, weshalb sie mir ihre Postadresse hinterließ.

Die Menschen sind halt sehr verschieden. Nicht jeder hat das richtige Gespür.

Das Geldinstitut

Es trug sich 1986 zu. Ich hatte damals erst zwei Enkelkinder, zwei liebe Mädchen. Die Ältere war zwölf und
die Jüngere sieben Jahre. Die Eltern, mein erster Sohn
und die Schwiegertochter, lebten in gutem Einvernehmen mit ihren Kindern. Die Mädels hatten schon früh
mit Musizieren begonnen, was besonders von ihrem
Vater erwartet und gefördert wurde. Die Große bekam
Cellounterricht bei ihm und Flötenunterricht bei einer
Schullehrerin. Die Kleine bekam Geigenunterricht bei
einer befreundeten älteren Musiklehrerin. Sie übten mit
mehr oder minder großem Eifer, so dass schon bald die
ganze Familie zusammen musizieren konnte. Das schöne
häusliche Musizieren forderte auch mich heraus. Als die
Ältere im Flötenspiel Routine hatte, bot sie mir an, mich
darin zu unterrichten, was ich gern annahm. Sie ging auf
mein Angebot, die Stunde mit vier Mark abzugelten, ein.
Die Mädels kamen auch in der Schule gut zurecht, die
Ältere ohne große Anstrengungen, die Jüngere eher mit
Mühe. Sie waren überhaupt von ganz unterschiedlicher
Art. Außer mit dem Musizieren beschäftigten sie sich
noch gern mit kleinen Tieren wie Goldhamstern, Meerschweinchen und Zwergkaninchen.

1986 war das Fernsehen schon sehr weit verbreitet. Die
meisten Familien hatten damals schon Farbfernseher.
Auch der Opa hatte einen. Die junge Familie hatte aber
immer noch ihren kleinen Schwarz-Weiß-Fernseher
mit Zimmerantenne und demgemäß mit kleinem Pro-
gramm. Papa und Mama wollten die Anschaffung eines

neuen Gerätes bewusst hinausschieben, weil sie glaubten, dass ihre Kinder vom »Fernsehfieber« angesteckt werden könnten. Wenn die Mädels mit ihren Freundinnen zusammenkamen, war eins der Hauptthemen das eine oder andere interessante Fernsehprogramm. Da konnten unsere beiden natürlich nicht mitreden. Also meinten sie, ihre Eltern überzeugen zu müssen, wie wichtig das Fernsehen für ihre Bildung sei. Sie wären da gegenüber anderen Kindern im Nachteil. Die Diskussionen pro und contra erstreckten sich über eine lange Zeit, ohne einen Konsens zu erreichen. Die Parteien beharrten einfach auf ihren unterschiedlichen Standpunkten. Für die Eltern war es natürlich auch eine Geldfrage. Die Farbfernsehgeräte mit größerem Bildschirm kosteten damals immerhin mindestens 400 Mark. Die beiden Mädels trugen mir ihre Sorgen vor. Ich konnte natürlich beide Ansichten, die der Eltern und die der Kinder, verstehen. Wie sollte man hier zu Stuhle kommen? Wir überlegten hin und her, bis mir ein Gedanke kam. Zur Geldbeschaffung sollte man einen Sparverein gründen, dem alle Familienmitglieder, Freunde und Bekannten angehören könnten. Er sollte zwei Hauptzwecken dienen: der Unterstützung wohltätiger Einrichtungen und der Beschaffung kultureller Güter. Das machten wir den Eltern plausibel. Dagegen hatten sie schließlich nichts einzuwenden, obwohl sie gewiss ahnten, was dahintersteckte. Das nun erzielte Einvernehmen veranlasste uns drei, aktiv zu werden. Wir setzten uns zusammen und berieten, was zu tun sei. Die beiden Mädels waren mit Begeisterung bei der Sache. Der eingesetzte Geschäftsführer konnte sich mit den ihm obliegenden Aufgaben oft befassen, weil er seit zwei Jahren im Ruhestand war. Bei der Besetzung der Vorstandsstellen gab es gewisse Schwierigkeiten, die aber bald ausgeräumt werden konnten. Vorstand und Geschäftsleitung erhielten Dienstausweise mit Lichtbild. Das junge Unternehmen nannte sich »CFO Sparverein n.e.V.«. »CFO« war die Abkürzung von Constanze, Franziska, Opa; »n.e.V.« hieß »nicht eingetragener Verein«.

Die Aufstellung der Statuten und Geschäftsbedingungen brauchte viel Zeit, hatten wir drei Gründungsmitglieder doch wenig Erfahrung in der Geldbranche. Klar war indes, dass für die Spareinlagen niedrige Zinssätze, für Kredite dagegen hohe Zinssätze maßgeblich sind. Es standen folgende Probleme zur Klärung an:

1. die Art der Spareinlagen und die Höhe der Zinsen
2. die Kreditgewährung und die jeweiligen Zinsen
3. die Spendeninitiativen und
4. die Beschaffung notwendiger Einrichtungen

Als die Einzelfragen geklärt waren, wurden die Mitglieder schriftlich von dem Unternehmenskonzept unterrichtet. Das waren am Anfang zwölf Personen. Die Anzahl der Mitglieder hat sich in der Folgezeit allerdings nicht verändert. Die Mitglieder waren normal begütert, das heißt, Millionäre waren nicht darunter.

Das Gründungskapital betrug hundert Mark. Viel Geld aus der Sicht des ersten Vorsitzenden C. Die Mitglieder, die alle den Teilhaberstatus erhielten, eröffneten ihre

Konten mit ansehnlichen Beträgen. Später nahm die Sparfreude allerdings ab. Ein Vereinsmitglied zahlte des Öfteren höhere Beträge ein, was den Vorstand naturgemäß erfreute. Wer das wohl war? Alle Einzahlungen mussten in Bargeld geleistet werden. Innerhalb der ersten Monate konnten wir schon die ersten kleinen Spenden anweisen. Kreditanträge wurden Gott sei Dank nicht gestellt. Das angesammelte Kapital belief sich nach etwa einem halben Jahr auf fast fünfhundert Mark. Somit konnten Vorstand und Geschäftsleitung den Kauf einer zwingend benötigten technischen Einrichtung beschließen, wodurch allerdings die Verfügungsmasse rapide zusammenschmolz. Von diesem Vorhaben wurden natürlich alle Vereinsmitglieder informiert. Der Leser hat sicher schon erraten, um welches »Kulturgut« es sich dabei handelte.

Die CF-Eltern waren natürlich sehr erstaunt, als das Gerät eines Tages ohne Rechnung für sie angeliefert wurde.
Obwohl unser Sparverein seinen Hauptzweck erfüllt hatte und die Hauptarbeit getan war, blieb er noch einige Zeit bestehen. Der Beschluss, ihn aufzulösen, wurde erst gefasst, als wir uns einig waren, welchen wohltätigen Organisationen das noch vorhandene Geld überwiesen werden sollte. Von Seiten der Mitglieder gab es dazu keinen Einspruch.

Die Zeit des »Ruhestandes«

Die letzten Jahre meiner beruflichen Tätigkeit verliefen ganz anders als die vielen Jahre davor. Ich hatte zwar fast immer schon mit betriebswirtschaftlichen Aufgaben im logistischen Bereich zu tun, aber die mir übertragene neue Funktion bezog sich in Sachen Entwicklung, Planung, Konstruktion, Fertigung und Kosten auf viel größere Dimensionen. Die notwendige Koordination von technischen und betriebswirtschaftlichen Arbeiten konnte nur von einer speziellen Planungsgruppe, der auch ich angehörte, bewältigt werden. Das technische Neuland erforderte eine ungewöhnlich lange Bearbeitungszeit. Dementsprechend wurde für dieses Projekt mit einer Laufzeit von mindestens sieben Jahren gerechnet. Gegenstand der umfangreichen und komplexen Arbeiten war der erste deutsche Fernmeldesatellit, der den Namen »Kopernikus 1« erhielt. Auf der Auftragnehmerseite stand ein Firmenkonsortium, geleitet von dem Branchenführer der deutschen Nachrichtentechnik, der Firma Siemens. Durch die notwendige Einbeziehung vieler Subunternehmer ergab sich ein einmalig großer Kreis deutscher und ausländischer Firmen. Als ich 1984 mit dreiundsechzig Jahren in den Ruhestand ging, war zwar der Auftragsumfang genau abgestimmt und die Auftragsvergabe an das Firmenkonsortium gesichert, jedoch dauerte es bis zur Fertigstellung und dem Start des Satelliten in Kourou im Französischen Guyana noch einige Jahre. Ich war damals noch rüstig und vital. Die ersten Anzeichen körperlicher Beschwerden machten mir keine großen Sorgen. Es war nur die Wirbelsäule, die manchmal leichte Schmerzen verursachte. Der jüngere meiner beiden Söhne, den ich über viele Jahre allein zu versorgen hatte, brauchte während seines Studiums nur noch gelegentlich Rat und Hilfe. Sonst hatte ich aber nun viel freie Zeit, so dass ich überlegte, wie ich sie sinnvoll nutzen konnte. In den ersten Monaten war ich viel mit dem Rad oder mit der Bahn unterwegs. Meistens allein. Ich nahm mir Ausflugsziele vor, die ich früher, als ich mit den Kindern unterwegs war, nicht aufsuchen konnte. Damals beschränkten sich die größeren gemeinsamen Touren mit den Söhnen oder den Enkelkindern auf die Schulferien. Meine Reise- und Wandertätigkeit befriedigte mich auf die Dauer nicht. Da meine beiden Söhne oft musizierten, reizte es mich, musikalisch Versäumtes nachzuholen. Ich nahm deshalb noch Unterricht im Mandolinenspiel. Als ich mich sicher genug fühlte, spielte ich hin und wieder bei öffentlichen Konzerten mit der jungen Familie entweder Flöte oder Mandoline.

Als Frühaufsteher, der ich immer war und auch heute noch bin, hatte ich stets einen langen Tag. So kam es mir in den Sinn, dass man mich vielleicht irgendwo im Sozialdienst als ehrenamtlichen Helfer brauchen könnte. Also erkundigte ich mich beim Sozialamt und erfuhr, dass für den Krankenbetreuungsdienst in mehreren Heimen Kräfte benötigt würden. Dafür meldete ich mich dann gleich, ohne zu wissen, wie belastend solch ein Dienst ist. Vor dem Einsatz gab es eine kurze Einführung im Darmstädter Elisabethenstift. Es fanden sich dazu vierundzwanzig Frauen, die meisten mittleren Alters, und zwei Rentner ein. Der eine war ich, und der andere blieb weg, als wir die Betreuungsstellen zugewiesen bekamen.

Ich hatte eine achtzigjährige, leicht verwirrte Frau in einem Dreistufenheim zu betreuen. Sie war liebenswert, unkompliziert und ganz auf Hilfe angewiesen. Was ich machte, war kein Pflegedienst, das hätte ich nicht geschafft, sondern eine Altenbetreuung. Frau Bach, so hieß sie, kam nur sehr selten und dann nur mit großer Anstrengung aus dem Bett. Ich besuchte sie mehrmals in der Woche. Sonst hatte sie keinen Besuch. Ihre beiden Söhne und die Enkelkinder machten sich nur durch Ansichtskarten von ihren Reisen im In- und Ausland bemerkbar. Sie zeigte mir die Karten, die meist nur einen kurzen Text hatten, sehr oft. Darunter waren welche aus Teneriffa, aus Kenia, vom Wendelstein und aus Potsdam. Von den beiden Söhnen und den Enkelkindern kam aber keiner zur Mutter zu Besuch. Sie freute sich besonders, wenn ich sie im Rollstuhl in der Nähe des Heimes ausfuhr. Sie ließ sich auch sehr gern einfache, kleine Geschichten erzählen. Von den Vorgängen in der Welt bekam sie nichts mit. Die Erinnerung an die Vergangenheit beschränkte sich auf wenige familiäre Ereignisse. Das Haus ihrer Familie in Gunzenhausen bei Darmstadt hatten ihre Angehörigen längst verkauft. Ihre beiden Bettnachbarinnen, die das Bett überhaupt nicht verlassen konnten, betreute ich bald mit. So warteten alle drei auf meine Besuche, weil sie sonst kaum Ansprache hatten. Die Schwestern, aber auch die »Zivis« auf diesen Stationen, die den vielen körperlich oder geistig schwer

Behinderten helfen, haben einen schweren Dienst. Dazu gehört ein großes Maß an innerer Bereitschaft und Energie. Ich habe mich oft gefragt, ob ich das wohl auch könnte, wenn man es von mir verlangte. Mein Besuchsdienst zog sich über einige Jahre hin. Dabei ist mir auch aufgegangen, dass es hoch anzuerkennen ist, was die »Grünen« oder »Blauen« Damen auf den Krankenstationen und in den Pflegeheimen leisten.

Mittlerweile war ich schon über drei Jahre Ruheständler. Ich fühlte mich nicht ausgefüllt und glaubte, dass ich vom Leben etwas mehr erwarten dürfe. Auch das Alleinsein behagte mir nicht. Die beiden Söhne hatten nun eine sichere Lebensgrundlage. Weil ich die Musik sehr liebte, aber nicht das billige laute Gedudel, meinte ich, meine bescheidenen musikalischen Fertigkeiten noch verbessern zu können. Ich wünschte mir das gesellige Musizieren auf dem Niveau guter Hausmusik. Ich gab also eine Zeitungsannonce auf, um diese Vorstellungen zu realisieren. Mir schwebten Flötenquartette oder Flötensätze mit Klavier- oder Mandolinenbegleitung vor. Auf meine Anzeige erhielt ich acht Zuschriften. Eine von einem Ehepaar, sieben von offenbar alleinstehenden Damen. Ich ging auf jedes Schreiben ein. Allerdings war, wie sich nach den einzelnen telefonischen Gesprächen ergab, nur eins dabei, was meinen Vorstellungen vom gemeinsamen Musizieren in etwa entsprach. Die meisten erwarteten von mir, ihnen erst einmal Flötenunterricht zu geben. Eine Dame versprach sich meine Hilfe bei der Anschaffung eines Klaviers. Eine andere machte ihre Zusage von der Zustimmung ihrer Freundinnen abhängig. Ich entschloss mich schließlich, der Klavier spielenden Dame aus dem Odenwald meine konkreten Vorstellungen vom gemeinsamen Musizieren zu geben. Ich hatte das Gespräch mit ihr hinausgeschoben, weil ich erst wegen der näher wohnenden Damen Klarheit haben wollte. Wir verabredeten ein Treffen in der Nähe von Bad König. Ich war pünktlich am vereinbarten Treffpunkt und sie erschien auch bald mit einem schönen großen Hund. Offenbar hatte sie mich schon vom nahen Waldrand aus beobachtet. Sie hätte von dort aus ungesehen den »Rückzug« antreten können. Da sonst kein Mensch zu sehen war, gingen wir aufeinander zu. Ich hielt mich aufrecht, obwohl mich gerade Kreuzschmerzen plagten. Wir machten uns bekannt. Der Hund hatte von Anfang an nichts gegen mich. Ob das auch für die Dame zutraf, spürte ich noch nicht. Wir überlegten, wo wir unser Gespräch führen wollten. In der Nähe hätten wir uns auf eine Bank setzen können. Sie meinte aber, ich sollte doch gleich ihr Klavier in Augenschein nehmen. So fuhren wir, jeder in seinem Auto, zu ihr nach Hause. Wir fanden, dass es mit dem gemeinsamen Musizieren etwas werden könnte. Ich besuchte sie wenige Tage später wieder und erfuhr dabei, dass das schöne alte Klavier nicht auf den Kammerton A gestimmt sei. Das schloss ein Zusammenspiel mit diesem Instrument aus. Das Problem beachteten wir bei diesem Besuch zunächst einmal nicht. Ich hatte ihr eine kleine Aufmerksamkeit mitgebracht. Es war eine kleine, hübsch verpackte Flasche mit hundert Millilitern eines selbst hergestellten Hausmittels: ein Knoblauchextrakt, den ich ihr gleich vorkostete. Sie sollte nicht den Eindruck haben, dass ich sie vergiften wollte. Als ich ihr als Vorkoster dreist einen zarten Kuss auf den Mund gab, war das wie eine Kostprobe meines Erzeugnisses, mit dem ich schon meine Verwandtschaft versorgt hatte. Bei allen hatte es guten Anklang gefunden, auch die Art, wie ich es ihnen schmackhaft machte. Es hatte eben nur den einen Nachteil: Es roch nicht nach Parfüm. Dass es für die Gesundheit förderlich war, wurde von niemandem bestritten.

Bei den folgenden Besuchen konnten wir den instrumentalen Schwierigkeiten nicht mehr ausweichen. Es boten sich zwei Möglichkeiten an, entweder wir kauften uns ein kleines elektronisches Klavier oder sie lernte das Flötenspiel. Wir kauften dann allerdings sowohl ein kleines Klavier als auch eine Flöte. Zunächst verhielt sie sich skeptisch gegenüber dem Flötenspiel, lernte aber dann bald mit Eifer, wobei ihr der Sopranpart besonders lag. So konnten wir beide nach fleißigem Üben auch öffentlich in kleineren und größeren Instrumentalgruppen gemeinsam mit unseren Kindern und Freunden musizieren. Diese schöne Zeit im »Ruhestand« war wie ein Ausgleich für die vielen Jahre starker seelischer Belastungen. Ich wünschte mir sehr, dass auch meine Enkelkinder sich in ihrem Leben am Musizieren erfreuen würden. Dafür gab es berechtigte Hoffnungen.

Flötenmusik

Was mich 1989 bewog, nach Vielbrunn im Odenwald überzusiedeln, habe ich in einer der vorherigen Geschichten schon erläutert. Ich war mit dem kleinen, ruhigen Dorf bald vertraut, aber mit Beziehungen zu den Bewohnern ging es nicht so schnell, viele waren unzugänglich. Mir schien, als wollten sie von uns Neubürgern nichts wissen. In meinem Umzugsgepäck befanden sich verschiedene Flöten, eine Mandoline, ein großer Stapel Noten und was man sonst noch zum Musizieren braucht. Ich hatte damals ernsthaft vor, weiter zu musizieren und mich dabei besonders dem Flötenspiel zu widmen, das ich mittlerweile gut beherrschte. Mir war natürlich bewusst, dass mir die Unterstützung meiner Kinder dabei mitunter fehlen würde. Im Ort gab es keine Instrumentalgruppe, die Literatur nach meiner Vorstellung spielte. Es gab den Spielmannszug der Feuerwehr, einen kleinen Posaunenchor der Kirche und die Bläserkapelle des Dorfes. Später kam noch eine Gitarrengruppe dazu. Die evangelische Kirchengemeinde hatte einen sehr guten Organisten, dessen hervorragendes Spiel nach meinem Eindruck nur von wenigen Leuten geschätzt wurde. Früher gab es eine Lehrerin im Ort, die eine Geige besaß, sie aber schon lange nicht mehr spielte. Das war meines Wissens das einzige Streichinstrument in der Gemeinde, die immerhin etwa eintausendsechshundert Einwohner hatte. Anfangs hatte Edelgard keine Begeisterung das Flötenspiel zu erlernen, aber nach den ersten Übungsstunden änderte sich das. Sie brauchte auch nicht sehr lange, um die Spieltechnik zu beherrschen. Die Noten-lehre war ihr vom Klavierspiel her vertraut. Richtige Freude an der Flötenmusik stellte sich ein, als wir kleine zweistimmige Werke aus verschiedenen Musikepochen spielen konnten und wir mit meinen Kindern kleine Hauskonzerte machten.

Nachdem ich meine Betreuertätigkeit in zwei Altenpflege-heimen in Darmstadt Ende 1989 aufgegeben hatte, fasste ich den Entschluss, mit Edelgard eine Flötenspielgruppe zu gründen. Wir meinten, das könnte für Vielbrunn eine kulturelle Bereicherung sein. Von Juli 1989 an sang ich im Kirchenchor der Evangelischen Kirche in Vielbrunn im Bass mit. Dabei machte ich es mir nebenher auch zur Aufgabe, die angesammelten Noten zu ordnen. Im Chor ergaben sich Kontakte zu einigen jungen Frauen, die am Flötenspiel interessiert schienen. Dabei erfuhr ich auch, dass es im Ort einige Frauen gab, die früher einmal Flöte gespielt hatten. So fanden sich auf mein Werben hin mehrere Frauen zum ersten Übungsabend Anfang 1990 bei uns ein. Das war der erste Schritt zum Flötenchor. Daneben erteilte ich noch Einzelunterricht für Anfänger, einige junge Frauen und Kinder. Der Gruppenunterricht war über mehrere Monate hin nicht einfach, weil es an Kenntnissen in der Notenlehre fehlte und das Spielni-veau sehr unterschiedlich war. Das hieß zunächst, sich mit leichteren kleinen Werken für zwei Stimmen zu be-fassen. Die Noten stellte ich bereit, was nicht ohne einen teuren Kopierer ging. Mit dem Gerät konnte ich sogar selbst zusammengestellte kleine Quartettbücher binden. Geübt wurde anfangs bei uns im Klavierzimmer. Später, als sich die Gruppe vergrößerte, wichen wir in den unteren Hausflur aus. Mit dem Fortschritt beim Spielen verließen einige Frauen die Gruppe. Andere, die bislang Einzelunterricht erhielten, kamen dazu. So fand eine Art Auslese statt. Als im Sopran, Alt und Tenor jeweils sichere Spieler dabei waren, befassten wir uns überwiegend mit weltlicher und kirchlicher Musik der Barockzeit. Zur Abwechslung spielten wir aber auch gern lustige Kanons, bekannte Choräle und Volkslieder. Alle ständigen Spieler der Flötengruppe waren zuverlässig und selbst am guten gemeinsamen Spiel interessiert. So verlief auch das Üben immer diszipliniert. Wir waren daher schon bald in der Lage, bei kirchlichen Anlässen in der Evangelischen Kirche in Vielbrunn mitzuwirken.

Außer an den festen wöchentlichen Spieltagen der Flötengruppe, für die ich mich immer intensiv vorbereitete, spielten Edelgard und ich in dem Flötenquintett Hoefer in Bad König mit. Die Leitung hatte unsere Kirchenchorleiterin Frau Hoefer-Masuhr, die eine ausgesprochene musikalische Begabung besitzt. In diesem Zirkel spielte ich erst die Tenorflöte, später die Bassflöte. Diese Umstellung fiel mir nicht ganz leicht, weil die Bassflöte, was dem Leser bekannt sein wird, einen anderen Notenschlüssel hat. Da ich mich auf alle Musiziertermine vorzubereiten hatte, war ich zeitlich voll ausgelastet. Für meine Modelleisenbahn blieb daher so gut wie keine Zeit mehr.

1992 wurden wir direkt in die Kirchengemeinde eingebunden und führten die Bezeichnung »Flötenkreis der Evangelischen Kirchengemeinde Vielbrunn-Kimbach«.

Das hatte für uns den Vorteil, dass wir unsere Übungsstunden im Gemeindesaal abhalten konnten. Von uns wurde die Mitwirkung bei Adventsandachten, Weihnachtskonzerten und anderen kirchlichen Anlässen erwartet. Bei den für hiesige Begriffe großen Weihnachtskonzerten spielten wir mit mehreren erfahrenen Musikern zusammen. Dazu gehörten mein Sohn Ulrich, die Schwiegertochter Margit und die Enkeltöchter Franziska und Constanze sowie Spieler aus Ulrichs Kranichsteiner Kammerorchester. Die Leitung der Proben und der Auftritte hatte Ulrich. Auf seine originelle Art hat er uns den Feinschliff gegeben. Außer bei den kirchlichen Einsätzen spielten wir auch bei Seniorenveranstaltungen und örtlichen Jubiläumsfeiern. Insofern trug uns unser schönes Musizieren bald einen guten Ruf ein.

1994 stellten sich vier junge Frauen bei uns vor, die sich im Flötenspiel weiterbilden wollten. Sie waren nicht aus Vielbrunn. Ich war damit einverstanden, sie zu unterrichten. Das war keine leichte Aufgabe, weil ihnen anfangs das musikalische Gespür fehlte und sie von Notenlehre auch nicht viel wussten. Jede Übungsstunde mit ihnen, alle spielten im Sopran, war anstrengend. Bis sie so weit waren, dass sie zweistimmig spielen konnten, verging viel Zeit, aber sie schafften es sicher bei Werken, die leicht ins Ohr gingen. Mit der Ausbildung der Kinder hatte ich es, von Ausnahmen abgesehen, leichter. Da wir oft nicht im Gemeindesaal üben konnten, weil er anderweitig gebraucht wurde, kam ich mit dem Ortsvorsteher überein, den Sozialraum in der Limeshalle, dem Vielbrunner Repräsentationsbau, zu benutzen. 1997 gab ich die Leitung des Flötenkreises ab. Für mich wurde die Belastung zu groß. Ich spielte aber weiter im Bass mit und kümmerte mich um unsere Spielprogramme und die Bereitstellung der Noten. Ich konnte mich nun noch mehr der Ausbildung der Kinder annehmen. Immerhin konnte ich bis dahin erreichen, dass außer im Sopran und im Tenor auch in der Altstimme, die eine andere Notation hat, gespielt werden konnte. In kleiner Besetzung wirkten wir bei Krippenspielen zu Weihnachten mit. Um einen Kinderflötenchor aufstellen zu können, organisierte ich spezielle Übungsabläufe und gestaltete den Unterricht, meinem Wesen gemäß, mit lustigen Einlagen. Schließlich stellte ich kleine Sammlungen mit Werken auf, die ein- bis vierstimmige Flötenliteratur von leicht bis mittelschwer enthielten. Dabei hat mir der Kopierer immer gute Dienste geleistet. Das erste öffentliche Musizieren der Flötenkinder, die jetzt »Junge Flötenmusikanten« hießen, fand bei der Weihnachtsfeier der Senioren 1998 in der Vielbrunner Limeshalle statt. Dabei wirkten sogar die Flöte spielenden Mütter mit. Belohnt wurden wir mit viel Beifall und die Kinder waren von dem gelungenen Auftritt begeistert.

Zwischendurch unterrichtete ich noch eine nach Vielbrunn zugezogene Frau im Altflötenspiel.

1999 traten Edelgard und ich aus dem Flötenkreis aus und ich übergab die Leitung der »Jungen Flötenmusikanten« der Frau, die ich vorher im Alt ausgebildet hatte. Mein Alter, ich war damals 78 Jahre, war aber nicht der Anlass dafür. Der Grund war, dass man gegen uns intrigierte. So endeten zehn Jahre fleißigen Wirkens mit Bitternis. In dieser Zeit haben beide Vielbrunner Kirchenvorstände für unsere Flötenmusik keinen Sinn gehabt, von Unterstützung gar nicht zu reden. Wir haben nicht einmal erlebt, dass sie sich um unsere Belange gekümmert hätten.

Wie ging es nach diesen Enttäuschungen weiter? Das begabteste der Flötenkinder nahm bei uns noch viele Jahre Unterricht. So konnten wir gemeinsam als Trio spielen. Das Mädchen wirkte auch immer dann mit, wenn uns Ulrich bei bestimmten Anlässen in Darmstadt brauchte. Sie brachte es schließlich so weit, im Quartett in jeder Stimme spielen zu können. Als sie den regelmäßigen Flötenunterricht aus schulischen Gründen aufgeben musste, fanden sich andere Kinder zum Unterricht bei uns ein. Den Flötenunterricht habe ich erst mit 86 aufgegeben.

Das letzte große spielerische Erlebnis war für mich und Edelgard das Musizieren zu meinem achtzigsten Geburtstag im September 2001. Die Feier fand im Hotel Ohrnbachtal in der Nähe von Vielbrunn statt. Dabei trugen wir sieben Spieler, drei Streicher, drei Flötisten und eine Klavierspielerin, vor den geladenen Gästen mehrere Werke auf eindrucksvolle Weise vor. Die Zuhörer dankten es uns mit herzlichem Beifall. Außer uns sieben trat noch ein Instrumentaltrio, geleitet von meinem Sohn Christian, auf. Dabei spielte Christian die erste und der Enkelsohn Benedict die zweite Geige. Enkeltochter Maria begleitete sie am Klavier. Für ihre kleinen Vorträge bekamen auch sie viel Beifall. Zum

Abschluss der musikalischen Vorträge wurde noch eine Überraschung besonderer Art geboten. Das kurz zuvor gegründete »Oberlausitzer Vokalensemble« brachte einige Heimatlieder in Oberlausitzer Mundart zu Gehör, was die Zuhörer offensichtlich gern hörten.

Edelgard und ich spielen noch immer gern Flöte. Bis 2007 spielten wir mit einem Mädchen zusammen, das ich seit neun Jahren unterrichtete. Mittlerweile hat sie sich zu einer talentierten Spielerin entwickelt. Hin und wieder finden sich auch Margit und Ulrich zum gemeinsamen Musizieren bei uns ein. Von Ulrich werden wir zudem öfters mit Noten eigener kleiner Werke oder Bearbeitungen versorgt.

Musik ist wie ein Schlüssel, der die Tür zu Freude und Fantasie öffnet.

Leuteschinder

Wir hatten uns vorgenommen im September zwei Wochen Urlaub im Bregenzer Wald zu machen. Der Anreisetag verhieß vom Wetter her nichts Gutes. Es regnete stundenlang. Als wir uns den Bergen näherten und durch kleine Ortschaften fahren mussten, versperrte uns eine Kuhherde mit ihren »Hinterlassenschaften« den Weg. Der Regen sorgte auf einer langen Strecke für einen schlüpfrigen und stinkenden Straßenbelag, der auch das Räderprofil ausfüllte und den penetranten Geruch noch lange speicherte. Edelgard hatte uns dank ihrer Fahrroutine sicher ans Ziel gebracht. Ich hatte als »Navigator« kaum etwas zu tun. Als wir unseren Urlaubsort, ein kleines sauberes Bauerndorf, erreicht hatten und uns umsahen, fielen uns die kahlen Berge in der Umgebung auf. Nur hier und da waren kleine dürftige Baumgruppen zu sehen. Der Name der Urlaubsregion »Bregenzer Wald« musste wohl aus alter Zeit stammen. Wir waren über den Anblick etwas enttäuscht. Die Ferienwohnung, die wir gemietet hatten, gefiel uns gut bis auf die Betten, die »unkontrollierte« Geräusche von sich gaben. Von der Wohnküche und vom Balkon aus hatten wir eine imponierende Sicht. Von da erschien uns die über zweitausend Meter hohe Kanisfluh greifbar nahe zu sein. Dieser gigantische Berg mit seinen schroffen Felsgebilden erstaunte uns jeden Tag aufs Neue. Bezwungen haben wir ihn nicht. So kühne Bergsteiger waren wir nicht. Wir sind aber unten um die Südwand herum gewandert. Die Lage unserer Ferienwohnung war ein Glücksfall, denn die Bushaltestelle war genau gegenüber. Übrigens waren die Busverbindungen für den für uns interessanten Umkreis vorzüglich. Unser Auto ließen wir vierzehn Tage unbeachtet stehen. Wir konnten es auch nicht mehr so richtig »riechen«, wie man sich denken kann.

Unser Busfahrer Xaver hätte sich gewundert, wenn wir einen Tag mit ihm ausgelassen hätten. Unsere Wanderungen führten uns zuerst auf die Hochflächen des Bregenzer Waldes mit den schlichten Almhütten und später mehrmals in das Vorarlberg-Gebiet, das den Bregenzer Wald an Größe und Höhe weit überragt. Wir teilten uns alle Touren so ein, dass wir immer mehrere Stunden zu Fuß unterwegs waren. Das spätsommerliche Wetter, das uns schon am zweiten Tag beglückte, hätte für unsere Wanderungen nicht besser sein können.

Für die nach Lech im Vorarlberg geplante Tour hatten wir den ganzen Tag vorgesehen. Lech gefiel uns allerdings nicht. Alles schien auf Tourismus hergerichtet. Als wir uns um die Mittagszeit nach einer Gaststätte umsahen, mussten wir feststellen, dass alle Gaststätten und Hotels in der letzten Septemberwoche schon geschlossen hatten. Schließlich fanden wir noch einen Imbissstand mit einem dürftigen Angebot. Es war früher Nachmittag. Wir machten uns auf den Heimweg. Nach einem Marsch von etwa fünf Kilometern machten wir Rast an einer Bushaltstelle. Die Busse fuhren laut Fahrplan in Stundenabständen. Bis zum nächsten, der talwärts bis Au fahren sollte, war es noch eine halbe Stunde. Wir hatten Durst und nichts zu trinken.

Direkt gegenüber der Haltstelle war am Steilhang ein schönes kleines Haus, das bewohnt schien. Sonst gab es weit und breit kein Leben. Wir stiegen den Hang hinab und schauten uns am Hauseingang um. Neben der Haustür stand eine kleine Bank. Es war niemand zu sehen und auf unser Rufen hin gab es keine Antwort, obwohl die Haustür offen stand. Wir gingen um das Haus herum und sahen eine Frau mittleren Alters, beschäftigt mit einem Wäschekorb. Sie bemerkte uns, war aber nicht erschreckt, eher erstaunt. Wie konnte sie auch mit fremdem Besuch rechnen? Wir fanden diese Frau gleich sympathisch. Als wir sie begrüßten, sie stellte sich mit »Anni« vor, erschien in der Hintertür ein älterer Herr, der uns mürrisch beäugte. Anni, viel jünger als er, war wohl seine Haushälterin. Während die Anni gleich freundlich zu uns war, blieb der Alte zunächst kurz angebunden. Wir brachten unseren Wunsch nach einem Glas Wasser vor, den uns die Anni sofort mit einem Krug Saft erfüllte. So kamen wir ins Gespräch. Dann hängte sie schnell die Wäsche auf. Sie hatte noch eine anstrengende Arbeit vor. Hinter dem Schuppen am Haus war ein Riesenberg von Holzscheiten, die noch unbedingt im Schuppen gestapelt werden sollten. Das war offenbar der Brennholzvorrat für eine längere Zeit. Auf die Hilfe des alten Mannes konnte Anni bei körperlichen Anstrengungen wohl nicht rechnen. Wir fragten die Anni, ob wir ihr bei dem Verstauen des Brennholzes helfen könnten. Es war uns dabei klar, dass wir den nächsten Bus dann nicht nehmen konnten. Die Anni begründete das notwendige Einräumen des Holzes mit dem bevorstehenden Mondwechsel. Plausible Erklärungen gab sie uns dazu aber nicht. Ob da etwas dran war, blieb uns rätselhaft. Wir ließen sie natürlich bei ihrem Glauben. Anni brachte zwei große Bügelkörbe für den Holztransport in den Schuppen. Nun gingen wir unverzüglich an die Arbeit, an der sich auch der Hausherr nach Kräften beteiligte. Die Arbeitsteilung ergab sich wie von selbst. Edelgard füllte die Körbe, ich trug sie in den Schuppen und lehrte sie aus, Anni und der alte Herr stapelten die Scheite auf. Wir machten Tempo, weil wir nicht noch einen Bus ausfallen lassen wollten. Der Alte war erstaunt, wie zügig alles ging, körperlich schien er aber doch überfordert. Wir hielten durch, bis der große Berg abgetragen und das Holz verstaut war. Überrascht von unserer schnellen Arbeit nannte er uns wohl mehr scherzhaft als ernst »Leuteschinder«.

Anni, die sehr erfreut über unsere Hilfe war, versorgte uns dann noch mit einem kleinen Imbiss. Von ihr erfuhren wir, dass der alte, anfangs unzugängliche Herr früher als Rechtsanwalt in Bezau tätig gewesen war. Er war einige Jahre jünger als wir beiden.

Während der Busfahrt zurück in unseren Urlaubsort hatten wir das gute Gefühl, jemandem gern geholfen zu haben. Auf unsere Post mit den schönen Aufnahmen der »Leuteschinder« erhielten wir allerdings weder von der Anni noch von dem Rechtsanwalt a. D. eine Antwort.

Die fürstlichen Federkissen

Edelgards Zimmer ist nicht groß, aber gemütlich. Übereck stehen zwei schöne Sofas. Darauf liegen mehrere Federkissen von unterschiedlicher Größe und Art. Alle sind handwerklich hergestellt worden. Sie stammten wohl aus der Zeit vor der Währungsreform 1948. Edelgard wusste seit Langem, dass sie mir nicht gefallen. Sie waren dick aufgebauscht und eigentlich kein Schmuck für das Zimmer. Wenn wir Gäste hatten, schliefen sie in diesem Zimmer, brauchten aber die vielen Kissen nicht. Auch sonst wurden sie nicht benutzt. Ich hatte Edelgard schon mehrmals gebeten, die Kissenausstattung in dem Raum auf zwei zu beschränken. Daraus war aber nichts geworden. Es fiel ihr wohl schwer, sich von den Kissen zu trennen. Vielleicht waren damit Erinnerungen an früher verbunden.

Im Februar 2006 wurde in den Medien sehr oft der fünfundsiebzigste Geburtstag der Fürstin Anna von Ehrenbach-Walzingen angekündigt. Uns war die Frau schon immer sehr sympathisch, obwohl sie sich nicht immer akzeptabel verhielt. Sie gefiel uns, sie war in unserem Alter, hatte sich gut gehalten und ihre Figur war auch nicht übel. Ihre bei festlichen Anlässen mitunter auffällig bunte Kleidung und die Riesenhüte waren allerdings nicht nach unserem Geschmack. Direkten Kontakt hatten wir zu dem Fürstenhause natürlich nicht. Wir waren in diese Kreise nicht eingeführt. Als ihr Geburtstag heranrückte, meinten wir, der Fürstin doch eine Freude machen zu müssen. Aber was konnte man ihr schenken, worüber sie sich richtig freuen würde? Edelgard hatte da gleich eine gute Idee: »Wie wäre es mit den ›schönen‹ Federkissen in meinem Zimmer? Sechs davon könnte ich entbehren.« Wir überlegten hin und her und blieben schließlich bei ihrem Einfall. Bis zum Geburtstag der Fürstin schafften wir das Einpacken aber nicht, weil die chemische Reinigung noch Zeit in Anspruch nahm und es uns an schönem Geschenkpapier fehlte. Um die Kissen sorgfältig verpacken zu können, brauchten wir eine ganze Menge davon. Wir hatten allerdings noch vom Weihnachtspapier genug. Das würde der Fürstin wohl nichts ausmachen. Vielleicht sah sie das auch gar nicht. Das Auspacken würde sie ja wohl ihren Dienern überlassen. Als wir mit dem großen Paket fertig waren und noch ein paar passende Zeilen obenaufgelegt hatten, fragten wir uns, ob es bei der Postannahme Schwierigkeiten geben könnte, denn Pakete für solch einen Empfänger und mit solchem Umfang wurden doch sicher nur selten aufgegeben. Schalterdienst hatte, wie aus dem Namensschild ersichtlich war, der PAss Kleinmeier. Er wurde stutzig, als wir ihm das prächtige Paket auf die Waage schoben. Dann verschwand er und ließ uns ziemlich lange warten. Die Schlange an unserem Schalter wurde unterdes immer länger, und bald hörten wir rüde Stimmen über das lange Ausbleiben des Schalterbeamten. Schließlich kam er mit rotem Kopf zurück, aber nicht allein. In seiner Begleitung waren zwei Kollegen, von denen der eine offenbar sein Vorgesetzter war. Nun begann eine Art Vernehmung. Man wollte von uns wissen, warum, weshalb, wieso wir uns erlaubten, an die

Fürstliche Hoheit von Ehrenbach-Walzingen ein Paket zu schicken. Da hatten wir allerdings eine ganz simple Antwort bereit. Wir sagten, wir wollten der Fürstin einfach eine große Freude zu ihrem Geburtstag machen und dass wir es für unsere vaterländische Pflicht hielten, die Beziehung zu unserem verdienten Fürstenhause zu fördern. Die zwei »Vernehmer« guckten sich abwechselnd an und nickten leicht verlegen. Dann zogen sich die zwei Hinzugekommenen zu geheimer Beratung zurück. Der Schalter wurde geschlossen und die Kunden mussten sich an dem Nachbarsschalter anstellen.

Das Ergebnis der langen Beratung war, dass das Paket zögernd und mit Hinweisen auf eine mögliche amtliche Untersuchung des »Falles« angenommen wurde. Für die Fracht sollten wir siebzehn Euro zahlen. Das war viel Geld. Unser ganzes Kleingeld, was sich in den letzten Tagen angesammelt hatte, reichte dafür nicht. Wir zahlten mit einem Zwanzigeuroschein. Uns ging durch den Kopf, dass sich die Fürstin für das Geld selbst einige Kissen von der Art hätte kaufen können. Zwei Tage später standen zwei Amtspersonen vor unserer Tür und erbaten Einlass. Der Anlass war, was hätte es sonst sein können, das »fürstliche Paket«. Der Paketinhalt war nach deren Erklärungen mit der neuesten technischen Methode durchleuchtet worden, wobei man außer Federn nichts habe entdecken können. Gerade das schien wohl auffällig. Sie meinten, dass das Geschenk keinen großen materiellen Wert habe, was der Fürstin sicher nicht verborgen bleiben könne. Diese Ansicht vertraten wir nicht. Die Kissenbezüge, so erklärten wir, seien handgearbeitet und die hochwertigen Federfüllungen bestünden aus Straußenschwanzfedern, Gänsebauchfedern und Entensterzfedern. Alle seien von unbegrenzter Lebensdauer, so dass ihre Durchlaucht die Kissen ohne Bedenken den eigenen Kindern und Enkelkindern noch vererben könne. Die beiden Staatsdiener kamen dann noch auf unsere polizeilichen Führungszeugnisse zu sprechen. Sie bemerkten mit einem etwas komischen Unterton, dass in einem der beiden Führungszeugnisse von dem Verdacht auf Apfeldiebstahl zu lesen sei, dass aber von einer Strafverfolgung abgesehen wurde, weil es angeblich nur fünf Äpfel der schwer verkäuflichen Sorte Boskop gewesen seien. Suspekt erschien ihnen, dass wir zwei schon achtzehn Jahre in einem nichtehelichen Verhältnis miteinander lebten. Unserer Frage, ob das »fürstliche Paket« nun dem hochwürdigen Empfänger zugestellt werde, wichen sie aus. Sie meinten lediglich, dass mindestens das Landessicherheitsamt von dem Vorgang unterrichtet werden müsse.

Das Paket kam eine Woche nach dem Geburtstag der Fürstin unbeschadet am Hofe an, blieb aber erst mal liegen. Sie und ihr Gemahl wurden erst zehn Tage nach dem Geburtstag von dem Eintreffen des wertvollen Paketes unterrichtet. Der Fürst erwies sich als sehr mutig, als er darauf bestand, bei dem Öffnen des Paketes selbst dabei zu sein. Auch verwand er offenbar viel Mühe darauf, uns persönlich einen langen Dankesbrief zu schreiben. In dem vom Amt des Hofmarschalls Ende März herausgegebenen umfangreichen Bulletin über alle wertvollen Geschenke zum fünfundsiebzigsten Geburtstag der Fürstin waren unsere Kissen zwar weit oben aufgeführt, leider etwas verwirrend unter »gemischte Federkissen«. Den Dankesbrief des Fürsten haben wir in unserer Sondermappe »Schriftwechsel mit Prominenz« abgeheftet, wo er von jedermann nach schriftlicher Voranmeldung per E-Mail oder Post eingesehen werden kann. Wir glauben, dass die Fürstin nach getaner Arbeit ihr müdes Haupt gern auf die bunten Federkissen legt. Sie hat es sicher verdient. Nun sind in Edelgards Zimmer nur noch zwei Federkissen, die wir aber behalten wollen, denn sie passen doch ganz gut in das Zimmer.

Picknick im Krankenzimmer

Was mir an mir selbst unter anderem nicht gefällt, ist meine sensible Art, meine Empfindlichkeit und meine Ungeduld. Was ich nicht vertrage, ist Lärm in jeder Art, Lügen, Rücksichtslosigkeit, Gleichgültigkeit und ungezogene Kinder.

Ich hatte mal wieder einen Leistenbruch, der so schlimm war, dass er ohne Verzögerung operiert werden musste. Bei meinen vorausgegangenen Leistenbruch-Operationen hatte ich mit meinen drei Zimmernachbarn keine guten Erfahrungen gemacht. Einer hatte bis in die tiefe Nacht den Fernseher an, wobei es ihm nicht darauf ankam, was sich auf dem Bildschirm abspielte. Ein anderer telefonierte jeden Tag stundenlang und einer hatte täglich von seiner großen Sippe Besuch. Was sich da mit den Kindern, mit Opa und Oma und der übrigen Verwandtschaft abspielte, kann sich jeder leicht vorstellen. Aber leider muss offenbar auch ein frisch operierter Patient diese Unruhe hinnehmen. Weil ich davon die Nase voll hatte, bestand ich der Oberschwester gegenüber jetzt auf einem Einbettzimmer, was sie mir fest zusicherte. Natürlich nahm ich in Kauf, dass das Krankenhaus den höheren Tarif in Rechnung stellte. Am Tag der Aufnahme bezog ich mein Zimmer, in dem zwar zwei Betten standen, wovon aber nur eins hergerichtet war. Ich war zufrieden, denn ich erwartete nun einige ruhige Tage und Nächte. Am Nachmittag fanden die üblichen Operationsvorbereitungen statt, am nächsten Tag wurde ich operiert. Als ich wieder wach war, erfuhr ich, dass die Operation nicht ganz ohne Komplikationen verlaufen war, so dass ich länger als ursprünglich vorgesehen behandelt werden müsse. Nach Ansicht des Oberarztes sollte ich mindestens drei bis vier Tage länger auf der Station bleiben. Weil ich daran nichts ändern konnte, stellte ich mich darauf ein. Am ersten und zweiten Tag nach der Operation durfte ich noch nicht auf die Beine, bekam aber schon leichte Kost. Als ich so, friedlich angebunden am Tropf, im Bett lag, kam plötzlich die Oberschwester ins Zimmer gestürmt und verkündete, dass gleich das zweite Bett hergerichtet werden müsse, weil ein Skiunfall angekündigt und keine andere Unterbringung des Verletzten möglich sei. Ich war entsetzt und verwies auf die mit der Station getroffene Vereinbarung für ein Einbettzimmer, musste mich aber schließlich mit der Überraschung abfinden. Wenig später kam der Verletzte von zwei Schwestern gestützt ins Zimmer gehumpelt. Es war ein junger Mann von etwa Mitte dreißig. Ich hatte gleich einen guten Eindruck von ihm. Er war Lehrer von Beruf, verheiratet und Vater von drei intelligenten und gesunden Jungen, wie er mehrmals betonte.

Der nächste Vormittag verlief noch ganz normal, aber am Nachmittag änderte sich die Situation. Da kam plötzlich eine junge kräftige Frau mit drei Jungen in das Zimmer gepoltert. Sie waren bepackt mit mehreren Taschen und einem Rucksack und belegten den halben Raum. Nach der lauten Begrüßung mit dem Ehemann und Vater packten sie die Taschen aus. Von mir nahmen sie überhaupt keine Notiz. Sie hatten, wie ich bemerkte, alles dabei, was man für ein Picknick im Grünen brauchte. Picknickbestecke, Picknickteller, Picknickbecher und Papas Lieblingsessen: eine große Schüssel Nudelsalat und Vanillepudding mit Himbeersoße. Sie füllte seinen Teller randvoll. Er aß in halb sitzender, halb liegender Stellung im Bett. Die drei intelligenten und gesunden Jungen waren fünf, sechs und acht Jahre alt. Sie aßen nicht alles auf, was sie auf ihren Tellern hatten. Die Reste sollte der Papa haben. Die Mama ging wohl davon aus, dass wir im Krankenhaus unterversorgt würden, denn sie hatte auch Getränke dabei, Cola und Limonade. Beim Einschenken kippte der Kleinste einen Becher um, was aber niemanden zu stören schien. Das würden ja wohl die Schwestern nachher aufwischen. Die junge Frau hatte die leeren Teller und Bestecke noch nicht richtig verstaut, da kramten die drei Kerle alle möglichen Spielsachen aus den Taschen. Sie hatten auch einen großen Beutel mit LEGO-Bauteilen dabei, mit denen sie sich zuerst befassten, sich aber nicht einig wurden, wer sie haben sollte. Aufregend ging es dann auch bei einem Kartenspiel zu. Die Eltern ließen sie bei ihrem lauten Gerangel und Gezänk gewähren. Die drei verhielten sich offenbar genauso wie zu Hause. Zwischendurch guckten auch mal die Schwestern schnell ins Zimmer und baten darum, weniger Lärm zu machen, der offenbar sogar auf dem Flur zu hören war. Das hatte aber nicht die mindeste Wirkung. Als die drei genug vom Besuch hatten, drängten sie ihre Mutter zum Aufbruch. Der Älteste von den dreien drehte sich beim Rausgehen noch mal kurz um und sagte, an seinen Vater gerichtet, da könne man vielleicht sogar die Carrerabahn aufbauen. Das Zimmer sah nachher nicht mehr so aus wie vorher und der Vater lehnte sich erschöpft zurück. Am nächsten Tag brach die Meute wieder ein. Die nächsten zwei Stunden verliefen so wie am Vortag. Allerdings gab es keinen Nudelsalat, sondern Kartoffelsalat mit Hacksteaks. Die Carrerabahn hatten sie nicht mitgebracht.

Nachdem wieder Ruhe eingekehrt war, verlangte ich von der Oberschwester, mich sofort in ein Einbettzimmer zu verlegen oder mich mit einem Wagen des Roten Kreuzes zur ambulanten Behandlung nach Hause fahren zu lassen. Schließlich veranlasste der Stationsarzt, dass meiner Forderung nach einem Einbettzimmer entsprochen wurde. Die restlichen Tage konnte ich dann tatsächlich in Ruhe zubringen. Der Vater der drei intelligenten und gesunden Jungen bedauerte, dass ich ihn verließ, hatte aber auch Verständnis für mein Verhalten.

Unterschiedliche Diagnosen

Urlaub mit jähem Ende

Der Fremde, der die reizvolle Fränkische Schweiz kennt, wird sich immer wieder dorthin gezogen fühlen. Südöstlich von Bamberg liegend, ist dieses kleine Mittelgebirge ideal für Rad- und Fußwanderer, aber auch für Erholungsuchende. Derjenige, für den Mallorca kein Urlaubsziel ist und der nichts für Kreuzfahrten im Mittelmeer übrig hat, aber idyllische, abgeschiedene Plätze sucht, findet sie dort.

So nahmen auch wir uns zum dritten Mal vor, dort für zwei Wochen Urlaub zu machen. Bei der Internetsuche nach einer Ferienwohnung wurden wir bald fündig. Es war eine Ferienwohnung in einem Dorf, etwa fünfzehn Kilometer von der schmucken kleinen Stadt Pottenstein entfernt. Was uns bei der Suche im Internet verborgen blieb, war die Größe des Dorfes, es hat nämlich nur knapp zweihundert Einwohner. Ärztliche Versorgung und Einkaufsmöglichkeiten waren da mit einem weiten Weg verbunden. In der zweiten Aprilhälfte fuhren wir hin. Die erste Woche war herrlich. Wir wanderten und suchten die Schlösser und Burgen in der näheren Umgebung auf. In der zweiten Woche nahmen wir uns Fahrten mit der Eisenbahn nach Nürnberg, Bamberg und Bayreuth vor. Aber während einer dieser Fahrten quälten mich Schmerzen im Unterleib. Die vorsorglich in den Urlaub mitgenommenen Schmerzmittel brachten aber keine wirkliche Linderung. Ich brauchte ärztliche Hilfe, wozu ich nach Bayreuth hätte fahren müssen. Nach dem zweiten Tag ohne Besserung entschlossen wir uns, den Urlaub abzubrechen. Zu Hause angekommen, suchte ich gleich meinen Hausarzt auf, der sich sicher war, dass die Schmerzen von einem Leistenbruch herrührten. Die Mittel, die er mir verordnete, bewirkten auch eine allmähliche Linderung.

Schmerzen in der rechten Hüfte

Bis August hatte ich nur hin und wieder leichte Schmerzen. Anfang September machten sie sich aber wieder stärker bemerkbar, allerdings nur schwach im Unterleib, dafür aber umso stärker in der rechten Hüfte. Sie hielten an und nahmen sogar noch zu. Der Internist, der mich nun untersuchte, erklärte, dass die Schmerzen von einem kleinen und einem größeren Leistenbruch kämen, wollte aber, dass ich noch einen Chirurgen konsultiere. Auch er war sich sicher, dass die Diagnose »Leistenbruch« stimmte. Sein Vorschlag war, den notwendigen Eingriff nicht aufzuschieben. Deshalb wurde dann auch gleich der Operationstermin auf Anfang November festgelegt. Ich hatte Zweifel an den Erklärungen der Ärzte, nahm aber die verordneten Medikamente ein, die anfangs auch etwas Linderung bewirkten. Für die immer heftiger auftretenden Hüftschmerzen gab es aber noch keine Erklärung. Sie wirkten sich bald so aus, dass ich mich nicht mehr richtig bewegen konnte. Ich brauchte sogar Edelgards Hilfe beim Ankleiden. Laufen und Treppensteigen waren fast nicht mehr möglich. Was konnte ich noch tun? Die Diagnose »Leistenbruch« schien mir nicht mehr glaubwürdig.

Hilfe vom Geistheiler?

Ich besann mich, dass mir vor etwa zwanzig Jahren ein Heilpraktiker bei starken Schmerzen im Lendenwirbelbereich geholfen hatte. Ich erreichte ihn per Telefon, musste aber leider erfahren, dass er nicht mehr praktizierte. Ich erfuhr von ihm, dass er einen Geistheiler kannte, der mir sicher helfen konnte. Ich nahm mit dessen Praxis in einem kleinen Ort in der Nähe von Bruchsal telefonisch Verbindung auf und bekam auch sofort einen Termin für eine Behandlung, was mich verwunderte. Daher zögerte ich, gleich auf den Terminvorschlag einzugehen. Da machte mich die Assistentin darauf aufmerksam, dass ich mich auch einer Fernbehandlung unterziehen könne, was für mich doch viel bequemer sei. Dazu müsse ich nur eine kurze Beschreibung meiner Person, ein neues Foto von mir und einhundert Euro sofort an ihre Praxis schicken. Ich könne sicher sein, dass mir auch auf diese Art geholfen werde. Das kam mir allerdings verdächtig vor, ja es fehlte mir der Glaube, dass mir mit dieser Methode geholfen werden könne. Ich sah also davon ab, die Dienste dieses »Wundertäters« in Anspruch zu nehmen.

Röntgenaufnahmen

Von den fünf Leistenbruchoperationen, die ich innerhalb von zehn Jahren hatte, führte drei ein Chirurg in einem Darmstädter Krankenhaus aus. Dieser Arzt war es auch, der die missglückte Operation einer Divertikulitis, die ein Kollege minimalinvasiv vorgenommen hatte, »ausbügelte«. Ich wandte mich an ihn. Seine Untersuchung ergab, dass die Diagnosen der Kollegen nicht stimmten. Seinen Röntgenaufnahmen war deutlich zu entnehmen, dass die von der rechten Hüfte ausgehenden starken Schmerzen von einer Spinalkanalstenose, das ist eine Verengung des Nervenkanals in der Wirbelsäule, kommen. Stark betroffen waren mehrere Lendenwirbel, Bandscheiben und Nervenwurzeln im Lendenwirbelbereich. Zur Linderung meiner mitunter unerträglichen Schmerzen ordnete er eine Schmerztherapie von einer Woche in dem Darmstädter Krankenhaus an, in dem er als Belegarzt arbeitete. Dazu musste von einem Anästhesisten ein Katheter für Infusionen in die Wirbelsäule gesetzt werden. Die Infusionsvorrichtung fiel jedoch mehrmals aus, so dass der Infusionsfluss unterbrochen wurde. So stellte sich keine anhaltende Wirkung ein. Nahezu schmerzfrei machten mich erst die nach der Schmerztherapie verordneten Medikamente, worunter sich auch ein Kortisonpräparat befand. Ich musste diese Medizin streng nach ärztlicher Verordnung einnehmen. Was aber weiter mit mir geschehen sollte, blieb erstmal offen.

Rat vom Hausarzt

Auf meinen Bericht hin riet mir mein Hausarzt, den genauen Zustand meiner Wirbelsäule durch ein MRT, eine kernspintomografische Aufnahme, feststellen zu lassen. Ich machte ein Krankenhaus ausfindig, das über eine solche Anlage verfügte. Auf einen Termin brauchte ich auch nicht lange zu warten. Das Liegen in solch einer Röhre ist nicht das reinste Vergnügen. Trotz des Gehörschutzes hört man in unregelmäßigen Abständen harte Geräusche unterschiedlichster Art. Die Aufnahmezeit von fünfundzwanzig Minuten empfand ich wie zwei Stunden. Die für den MRT-Befund zuständige Ärztin hielt sich mit Erläuterungen zurück. Aus ihren knappen Darlegungen war aber herauszuhören, dass sich meine Wirbelsäule im Ganzen in einem sehr kritischen Zustand befand. Einen Rat für das weitere Vorgehen bekam ich von ihr leider nicht. Sie schlug mir dann auf mein Drängen hin vor, unbedingt und recht bald einen Neurochirurgen aufzusuchen.

Engel gibt es doch

Die fragwürdigen Bescheide der konsultierten Ärzte, die ich innerhalb von drei Monaten erhielt, machten mich zunehmend unruhig. Übel waren auch die Nebenwirkungen der Tabletten, wobei ich unter den Schlafstörungen, den Wasseransammlungen in den Fußgelenken und den Sehstörungen am meisten litt. Bei einem Gespräch mit Freunden wurde mir von einem bekannten

Neurochirurgen berichtet, der sich auf die Behandlung von Wirbelsäulen spezialisiert hatte. Ich nahm bald danach fernmündlichen Kontakt mit dessen Praxis in Frankfurt auf und bekam auch unverzüglich einen Termin. Da wir an diesem Tag wegen Glatteises nicht aus dem Haus konnten, musste ein neuer Termin vereinbart werden, den ich wahrnehmen konnte. Ich machte mich mit Edelgard beizeiten auf den Weg zur nächsten Bushaltestelle. Der Bus sollte fahrplanmäßig um elf Uhr fünfundfünfzig abfahren, er kam aber erst zwei Minuten nach zwölf. Das gab Ärger, weil uns bis zum zehn Kilometer entfernten Bahnhof nur noch zehn Minuten blieben, und mehr noch, weil der Fahrer, nervös wie er war, mit den Eingaben in seinen kleinen Bordcomputer nicht fertig wurde. So verlangte er fast den doppelten Preis, den mir tags zuvor die Auskunft genannt hatte. Dann korrigierte er die Eingabe, was den richtigen Preis ergab. Die Strecke von unserer Haltestelle bis zum Bahnhof hatte neun Zwischenhalte. Er fuhr wie die Feuerwehr und brauchte Gott sei Dank nirgendwo zu halten. Als wir am Bahnhof ankamen, näherte sich schon unser Zug nach Darmstadt. Unser freundliches »Auf Wiedersehen« überhörte der Fahrer. Der Zug kam im Darmstädter Hauptbahnhof pünktlich an, aber für den IC nach Frankfurt, mit dem wir fahren wollten, wurde eine Verspätung von dreißig Minuten angezeigt. So mussten wir uns nach dem nächsten Regionalzug nach Frankfurt erkundigen. Der sollte aber nicht am vorgesehenen Bahnsteig abfahren. Inzwischen gab es mehrere Lautsprecherdurchsagen, die wie immer nicht ganz verständlich waren. Wir glaubten gehört zu haben, dass der Zug statt auf Bahnsteig 6, auf dem wir uns befanden, auf Bahnsteig 8 einfahren werde. Wir waren verärgert und schimpften beim Weggehen über dieses Durcheinander. Wie sollten wir unter diesen Umständen den Arzttermin einhalten können? In diesem Moment sprach uns eine junge Frau an, die in unserer Nähe stand. Sie sagte uns, dass wir, wie sie genau gehört habe, auf dem richtigen Bahnsteig stünden. Auch sie hatte vor, nach Frankfurt zu fahren. Bis zur Einfahrt des Zuges unterhielten wir uns noch mit ihr aufs Angenehmste. Wir sprachen schließlich auch über die Verkehrsverbindungen zum Sankt-Katharinen-Krankenhaus im Stadtteil Bornheim, in das wir mussten. In dem Betrieb des Frankfurter Hauptbahnhofes mussten wir aufpassen, die richtige U-Bahn-Verbindung zum Krankenhaus zu bekommen. Wir unkundigen Dörfler fuhren mit der Rolltreppe in die »Unterwelt«, wobei wir uns an den Markierungen für die U 4 orientierten. Bis zum Eintreffen der Bahn hatten wir noch einige Minuten Zeit. Da stand plötzlich wieder unser Darmstädter Engel vor uns und machte uns darauf aufmerksam, dass wir auf dem falschen Bahnsteig stünden. Dann verschwand der Engel, ohne dass wir uns gescheit bedanken konnten. Wir wären sonst in die Gegenrichtung gefahren. So etwas gibt es Gott sei Dank auch noch.

Hoffnung auf baldige Hilfe

Trotz des Ausfalls des IC kamen wir nur wenig verspätet im Sankt-Katharinen-Krankenhaus an. Der große Krankenhauskomplex ist nur etwa dreihundert Meter von der Endhaltestelle der U-Bahn entfernt. Ich weiß nicht mehr genau, wie mir beim Anblick des Krankenhauses zumute war. Einerseits hatte ich es eilig, nun etwas Genaues über die Schmerzursachen und die künftige Behandlung zu erfahren, andererseits fürchtete ich mich aber auch vor dem Befund. Immerhin hatten mir ja die Medikamente für Monate über die Schmerzen hinweggeholfen. Sie traten nur dann auf, wenn ich die Einnahmevorschriften nicht einhielt. Das konnte bei sechs verschiedenen Medikamenten, die über den Tag verteilt eingenommen werden mussten, schon mal vorkommen.

Wir mussten in das siebente Obergeschoss. Dort ist die Neurochirurgische Abteilung untergebracht. Zuerst war das übliche Patientenformular auszufüllen. Nach gut einer halben Stunde trat der Chef der Neurochirurgischen Abteilung, ein Herr von etwa Ende sechzig, ins Wartezimmer und bat mich in sein Sprechzimmer. Er machte auf mich einen sympathischen Eindruck. Seine Erläuterungen waren gut verständlich. Nachdem er die MRT-Aufnahmen betrachtet, die Erklärungen der Radiologin gelesen und sich dann auch meinen Bericht über die bisherigen ärztlichen Leistungen angehört hatte, kam er zu dem Schluss, dass dies zu einer konkreten Stellungnahme noch nicht ausreiche. Mir war bewusst, dass von seiner Diagnose für mich sehr viel abhing. Operationen an der Wirbelsäule, das hatte ich mittlerweile aus seiner Information im Internet erfahren, sind insbesondere bei älteren Menschen mit einem sehr hohen Risiko verbunden. Um Sicherheit zu haben, schlug er mir vor, eine zweite Untersuchung unter Einbeziehung anderer Abteilungen des Hauses vorzunehmen. Ich war damit einverstanden, denn bis jetzt hatte es nur vage Untersuchungsbefunde anderer Ärzte gegeben. Ich wusste eben nur andeutungsweise, dass eine Verengung des Nervenkanals und Wirbelverschiebungen vorlagen, womit sich die Schmerzen offenbar erklären ließen. Das Gespräch mit ihm dauerte nur 20 Minuten. Er verlangte in dessen Verlauf einige gymnastische Übungen von mir. Schließlich gab er mir ein Rezept für mehrere Medikamente. Danach hinterließ er im Sekretariat Angaben für die geplante zweite Untersuchung. Dafür wurde ein Termin in der übernächsten Woche festgelegt. Mir wurde etwas leichter, als ich mich verabschiedete.

Bei dem zweiten Termin hatte ich es zuerst mit einem Facharzt für Neurologie zu tun, der sich hauptsächlich mit den Funktionsstörungen der Nervenbahnen in der Wirbelsäule befasste. Danach wurde eine Reihe von Röntgenaufnahmen gemacht. Dann gab es wieder eine längere Information seitens des Chefarztes. Dabei erfuhr ich, dass meine Wirbelsäule drei Operationen nötig hätte, wovon jede von einem Spezialisten ausgeführt werden müsse. Die Bewältigung aller Eingriffe wäre eine große Belastung und würde sich über einen längeren Zeitraum erstrecken. Sonst wiederholte er seine Erläuterungen von der Vorwoche. Er entließ mich mit den Worten, dass ich mich besser bei meinem Hausarzt weiter konservativ behandeln lassen solle, denn er könne niemandem in meiner Lage zu operativen Eingriffen raten. In diesem Augenblick glaubte ich sicher zu sein, dass es zu keiner Operation kommen würde.

Der Rückweg

Die Rückfahrt vom Krankenhaus bis nach Vielbrunn war problemlos. Zunächst war ich mit mir selbst beschäftigt. Wie lange würde wohl der jetzige Zustand halten, und was würde, wenn, wie zu befürchten war, Wirbel und Bandscheiben noch stärker gegen die Nervenwurzeln drückten? Wie immer vertraute ich mich meiner Edelgard an. Aber eigentlich gab es ja nichts zu beraten, denn ich hatte keine Wahl. Ich würde leben, wie es mein Körper zuließe, hoffend, dass mir die Medizin weiterhülfe.

In Bad König hatten wir an der Haltestelle vor dem Bahnhof noch gut eine halbe Stunde Zeit bis zur Abfahrt des Busses nach Vielbrunn. An der Haltestelle warteten nur drei Personen. Wir sprachen eine davon an, um uns zu vergewissern, ob die uns bekannten Abfahrtszeiten auch wirklich stimmten. Der angesprochene Herr sagte, dass auch er den nächsten Bus benutzen werde. Bei der Unterhaltung mit ihm erfuhren wir, dass er in Kimbach wohnte und dass er sich beruflich mit Briefmarkensammlungen befasste. Er nannte uns auch seinen Namen. Er hat einen Familiennamen, der im Odenwald äußerst selten vorkommt, nämlich meinen: PIETSCH. Wir waren perplex. Der Bus kam zehn Minuten vor der Zeit mit dem Fahrer, den wir schon kannten. Wir nahmen gleich im Bus Platz und unterhielten uns weiter mit dem »Briefmarken-Pietsch«. Schließlich beteiligte sich auch der Fahrer an der Unterhaltung. Er war jetzt freundlich und aufgeschlossen. Beim Aussteigen an unserer Haltestelle in Vielbrunn verabschiedeten wir uns wie gute Freunde. Ich hatte einen wichtigen Tag hinter mir, der mir im Gedächtnis bleiben würde. Wie mir geholfen wurde, erlebte ich einige Monate später.

Die Distelpracht

Das kleine Walddorf, in dem wir viele Jahre lang wohnten, liegt in schöner, leicht bergiger Landschaft, durch die ein kleiner Bach mit vielen Windungen fließt. Die reizvolle Landschaft und das gute Klima waren es auch, was uns seinerzeit reizte, aus der unruhigen und lauten Großstadt hierherzuziehen. Was uns damals allerdings nicht so wichtig erschien, ist die ungünstige Verkehrslage des Ortes und die bescheidenen Marktbedingungen. Bis zur nächsten Bahnverbindung sind es fünfzehn Kilometer und die Busverbindungen sind unzureichend. Alles in allem ist das Wohnen dort für nicht motorisierte ältere Menschen nicht zu empfehlen. Auch tut sich kulturell in der Gemeinde nicht viel. Früher war sie ein beliebter Urlaubsort, heute ist das Dorf offenbar nicht mehr gefragt. Viele junge Leute wollen sich im Urlaub amüsieren und sind daher eher geneigt, nach Mallorca zu fliegen als dorthin zu fahren. Gut bekannt scheint er allerdings bei den Motorradfahrern zu sein, die hier bei gutem Wetter, insbesondere an Wochenenden, in Scharen durchrasen. Viele davon leiden an dem offenbar unheilbaren Rennfahrersyndrom.

Hier heimisch zu werden, gelang uns trotz stetigen Bemühens nicht. Wir beide fanden leider bis auf zwei Ehepaare keine Menschen, zu denen wir dauernde Beziehungen hätten pflegen können, auch zu unseren nächsten Nachbarn nicht. Da waren zwei Familien, die uns »Zugereiste« immer wieder provozierten. Das ging so weit, dass sie uns nach einer Unterschriftenaktion wegen unseres kleinen Hundes, von dem sie sich belästigt fühlten, bei Gericht verklagten. Die Klage verloren sie natürlich. Wie zu erwarten war, gab es danach keinen Frieden. Im Gegenteil, die Schikanen gingen weiter. Zu den bösartigen Vorkommnissen gehörten auch die Beschädigung der Antenne und des Außenspiegels an meinem Auto, das ich in Hausnähe geparkt hatte. So ließen sie uns öfter spüren, dass wir Fremde waren und eben nicht zu ihnen gehörten. Weil dieser Zustand unsere Nerven und unsere Gesundheit allgemein belastete, erwogen wir ernsthaft, uns nach einem anderen Wohnort umzusehen. Also wandten wir uns an eine Immobilienfirma in einem Nachbarort, die in einem nahen Neubaugebiet kleine Einfamilienhäuser zum Kauf oder zur Miete anbot. Wichtig für uns war, dass das neue Haus nur über einen kleinen Garten verfügte, denn wir wollten weniger Zeit als bisher mit Gartenarbeit zubringen. Wir überlegten aber immer wieder, ob wir uns zu diesem Entschluss wirklich durchringen sollten. Da machte uns die Chefin der Immobilienfirma den Vorschlag, eines der Häuser mit kleinem Grundstück zu mieten und das unsrige zu vermieten. Da sie für unser Haus schnell einen Mieter zu finden glaubte, wurden wir handelseinig. Natürlich war der Umzug, vor dem wir uns am meisten gefürchtet hatten, keine Kleinigkeit, und auch die Umstellung war nicht einfach, aber wir schafften es. Wir gehörten mit zu den Ersten, die im Frühjahr in die neue Friedrich-Hölderlin-Straße in dem Neubaugebiet nahe Wörth einzogen. Die Beanstandungen mehrerer Mängel im Haus wurden von den Handwerkern anerkannt und umgehend beseitigt. Das gibt es ja wohl nicht, dass an einem bezugsfertigen Haus alles in der Reihe ist. Für die Sonderwünsche, die wir hatten, wie das Verlegen von Fußböden aus Laminat und die Verkleidung des Dachbodens mussten wir natürlich selbst aufkommen. Bis im neuen Haus alles an Ort und Stelle war, brauchte es Kraft und Zeit. Zeit hatten wir genug, aber die körperlichen Anstrengungen spürten wir sehr. Das neue Domizil fanden wir so schön, dass wir den schweren Entschluss, uns zu verändern, nicht bereuten. Von den Anfangsbelastungen abgesehen, kamen wir pekuniär gut zurecht. Vor allem spürten wir schon bald, dass wir es mit der neuen Nachbarschaft gut getroffen hatten. Die meisten von ihnen waren jung und hatten Kinder. Gesprächskontakte gab es gleich von Anfang an und Hilfsbereitschaft schien für sie eine Selbstverständlichkeit zu sein. Unser Haus vermietete die Immobilienfirma in kürzester Zeit an eine Frankfurter Familie.

Natürlich war es uns wichtig, den kleinen Garten, den wir nun hatten, schön anzulegen. Er sollte eine Zierde unseres Anwesens werden. Erfahrung in der Gartengestaltung hatten wir ja. Am meisten befasste sich Gerda mit der Planung. Sie hatte vor, ein kleines Kräuterbeet anzulegen und sonst nur Pflanzen zu setzen, von denen vom Frühjahr bis zum Spätherbst immer etwas blühte. Dabei musste dem leichten Gefälle des Grundstücks zur Straße hin besondere Beachtung geschenkt werden. Gerda hatte sich schon gleich nach dem Einzug ohne mein Wissen einige Gartenjournale und den Sommerkatalog des Gärtnerei-Versandbetriebes Paul Ohnsorg

GmbH in Stettbach kommen lassen. Was an Samen, Blumenzwiebeln, Stauden, Knollengewächsen und Rosen bestellt werden sollte, war ihr bald klar. Katalog und Journale lieh Gerda auch den Achims, unseren direkten Nachbarn, die ein größeres Grundstück hatten. Achims waren sich über ihre Bestellung schnell einig. Besonders angetan waren sie von dem Katalogbild der Edeldistel »Silberglanz«. Auf den Eingang der Gärtnereisendung brauchten wir nicht lange zu warten. Die Lieferung war zwar vollständig, aber von den Stauden waren einige ramponiert. Auf unsere fernmündliche Reklamation ging die Vertriebsleiterin trotz unseres Hinweises auf den betreffenden Passus der Lieferbedingungen nicht ein und mit dem Geschäftsführer bekamen wir keine Verbindung. Unsere Absicht, schriftlich zu reklamieren, unterließen wir jedoch.

Für das Einpflanzen nach Gerdas Plan ließen wir uns Zeit. Meine Hilfe war ihr natürlich recht. Als alles seinen vorgesehenen Platz gefunden hatte, waren wir mit unserem Werk zufrieden. Unter all den Pflanzen waren nur wenige, die im kommenden Sommer oder Herbst schon blühten, wozu »Mädchenaugen« und Sommerhut gehörten. Mit der vollen Blumenpracht konnten wir erst im nächsten Jahr rechnen. Bei den Nachbarn verliefen die Wochen nach dem Einzug nicht viel anders als bei uns. Auch Achims hatten alle Gartenarbeiten bald erledigt. Speziell für den Edeldistelsamen hatten sie einen großen Streifen vorgesehen. Die Neubürger in der Friedrich-Hölderlin-Straße erlebten in ihren schönen Häusern nun den ersten Herbst und Winter. Die Pannen, die da und dort bei der Heizung, der Wasserspülung oder den Terrassenplatten auftraten, wurden von den zuständigen Handwerkern zwar ungern zur Kenntnis genommen, aber schließlich beseitigt.

Als es nach einem milden Winter auf März und April zuging, inspizierte Gerda oft die Stellen im Garten, bei denen sie die frühen Blumen, wie Osterglocken und Tulpen, erwartete. Es dauerte auch nicht lange, bis sich die ersten grünen Spitzen zeigten. Als es dann wärmer wurde und der erwartete Regen kam, ging die Entwicklung der Pflanzen schnell voran. Achims freuten sich auch über ihr Leben im Garten, besonders jedoch über den reichlich angegangenen Distelsamen. Im Juli zeigten alle Gärten der Nachbarschaft ihre Blumenvielfalt: Lavendel, Kokardenblumen, Margeriten, Rosen, Rittersporn, Küchenschelle und noch vieles andere. Alle hatten sie ihre Gärten gehegt und gepflegt, und alle meinten, den schönsten Garten vorweisen zu können. Bei Achims Garten fiel mir auf, dass aus den Edeldistelsamen viele große Pflanzen geworden waren, die schöne fein-lila Blüten trugen. Eine wahre Pracht. Wochen darauf sah man auf jeder Distelblüte nur noch einen feinen Samenflaum und bald danach nur noch blanke Samenkapseln, wofür offensichtlich der Wind gesorgt hatte. Im Spätherbst gab es für alle wieder viel Arbeit im Garten. Gewittergüsse und Stürme hatten manchen Pflanzen sehr zugesetzt. Was verblüht war, musste abgeschnitten und kompostiert werden. Im Frühjahr darauf machten zuerst Gerda und ich, dann aber auch die anderen in der Straße eine eigenartige Entdeckung. Da schoben sich überall kleine

Pflänzchen aus der Erde, wo vorher nichts gewesen war und auch gar nichts hingehörte. Was war das? Man musste sehen, was sich daraus entwickeln würde. Im Mai wussten wir, was es war, weil es sich so stachelig anfühlte: Achims Edeldistelsamen hatte uns alle »bedacht«. Dafür hatten Wind und Wetter gesorgt. Man war auf diese Überraschung aber ganz und gar nicht erpicht. Das hatten Achims natürlich nicht beabsichtigt. Die Vorwürfe, die ihnen gemacht wurden, trafen sie schwer. Ihre Nachtruhe war dahin. Sie legten doch wie alle anderen Wert auf gute Nachbarschaft. Sie suchten sich in ihrer Verzweiflung indes Rat bei der Firma Raiffeisen. Da gab es allerdings nur ein Mittel: ein spezielles Pflanzengift. Herr Achim sprach sich mit den Nachbarn ab, das Gift nur da, wo es unbedingt nötig war, zu versprühen. Er sprühte, bis er dahinterkam, dass die Disteln mit der Wurzel entfernt und beseitigt werden mussten. Das war natürlich eine Sisyphusarbeit. Das erwünschte gute Einvernehmen zwischen Achims und den Nachbarn ließ aber noch einige Zeit auf sich warten. Das Wort »Silberdisteln« konnten sie nicht mehr hören.